스스로 마음속 자비심을 일으켜 자신을 다독거리는 것이야말로 무엇보다 믿을 수 있는 손입니다. 바로 선禪의 시작입니다.

물 흐 르 고
꽃 은 피 네

아침에 한 사람을 기쁘게 해주고
저녁에 한 사람의 슬픔을 덜어주기를 서원합니다.

차
례

고요히 앉으니
물 흐르고 꽃 피다

보리수 아래 고요하게 앉아 있는 부처님을 생각한다. 매 순간 그렇게 고요할 수 있다면 좋겠다. 고요한 마음에서 지혜가 나오고, 함께하는 자비의 마음이 나온다. 번뇌와 망상이 있으면 안개 낀 산을 보듯이 자신과 사물을 또렷이 볼 수 없다. 지혜가 없으면 자기중심적 사고로 인하여 삶이 불만과 상처투성이가 되기 쉽다.

　　요즘 사람들을 보면 안타까운 마음이 크다. 고요하게 앉아 있을 겨를 없이 바쁘기 때문이다. 현재를 과거와 비교하고 나와 타인을 비교하며 힘들어한다. 눈과 귀와 손은 각각 다른 곳을 향하여 움직인다. 그런 이들이 잠시 일상을 멈추고 고요하게 앉아 있으려면 낯선 곳에 머물러야 한다. 그래서 그들을 나의 거처인 산사로 초대했다.

산에는 매 순간 아름답게 살아 있음을 알게 해주는 물과 꽃이 있다. 그래서 봄이면 사람들에게 권하는 글귀가 있다. '수류화개水流花開, 물 흐르고 꽃이 피네.' 추사 선생이 초의 스님에게 써준 '묘용시수류화개妙用時水流花開'라는 유명한 글이다.

　　'물이 흐른다.'는 것은 매 순간 살아 있다는 의미이다. 과거의 아름다운 추억과 아픈 기억이 현재의 삶을 구속하거나 방해할 수 없다는 말이다. '꽃이 핀다.'는 것은 시련을 이겨낸 강인함과 꽃망울을 터트리기 위한 정성스러운 마음을 이야기한다.

한 번뿐인 이 귀한 생을 세상 사람들이 자유롭고 평화롭고 행복하게 살기를 바란다. 나는 20년 전 행복하게 사는 삶의 가치를 알게 되었고, 오래도록 세상에 이익을 주며 살 수 있는 길을 찾았다. 스승들의 가르침과 사람들의 고뇌에서 내가 가야 할 길을 보았다. 그 뒤 일관되게 세상 사람들의 마음수행에 도움을 주는 일을 하며 오늘에 이르렀다. 백양사의 참사람수행결사, IMF 실직자를 위한 단기출가수련회, 미황사의 참사람의 향기, 홍천수련원의 재가자를 위한 무문관 등이 바로 그것이다.

참사람의 향기 참가자들과 나누는 1:1 수행 문답은 아주 특별한 시간이다. 한 분 한 분 대할 때마다 귀하고 설레고, 때로는 아프기도 했다. 그들의 마음 점검을 위한 자리였지만 내가 해준 말에서 공부거리를 발견하고 나 자신을 점검하기도 했다. 서로가 서로에게 스승이 되는 셈이었다. 12년 동안 2천여 명의 사람들과 차 한 잔을 앞에 두고 속 깊은 이야기를 나누었으니, 어느 수행자가 이런 복을 누리겠는가. 기껍고 고맙다.

참사람은 누구인가. 몸과 말과 마음을 잘 사용하는 사람이다. 그러면 부처님과 같은 향기 나는 삶을 살 수 있다. 꽃향기는 바람을 거스르지 못하지만 참사람의 향기는 사방으로 널리 퍼진다.

이 책은 '선담禪談'이라는 제목으로 2년 동안 월간 〈불광〉에 연재한 글들을 모은 것이다. 수행을 함께한 이들에게는 고맙고, 나무들에게는 미안하고, 교정하고 책 만들어 준 인연들에게는 감사하다.

정유년 봄
금강 합장

본래

래

마

음

안개 뒤의 푸른 산을 보라

산도, 들도, 나무도, 스님들도 동안거에 들었다.
추운 겨울을 이겨내야 잘 성장할 수 있다.
이때 주저앉거나 피한다면 좋은 기회를
놓치는 것이다. 꽃 피는 봄은 겨울을 이겨낸
나무들의 행복한 시간이다. 오랫동안 산에
살다 보면 산의 아름다움과 변화들을
가슴으로 바라보고 좋아하게 된다.
그렇다고 산이 날마다 환하게 보이는 것은 아니다.
안개에 싸여 산이 보이지 않을 때도 많다.
이럴 때 찾아오는 사람에게는 미안하다.
마치 무언가 소중한 것을 나만 보고 남에게는
감춰버린 것 같은 느낌이 들기 때문이다.

흰구름 같은 번뇌는
우리가 매 순간 만드는 것들


山 山 水 水


처음 온 사람에게 안개 속의 산을 설명할 길이 없다. 잘 찍은 사진을 보여줘도 실감하는 표정은 아니다. 산이 안 보인다고 산이 없는 것은 아닌데, 구름에 싸여 있으면 그저 눈에 보이는 것만으로 판단할 뿐이다. 임제 선사의 시 중에 이런 구절이 있다.


옳거니 그르거니 따지지 마오.
산도 물도 그대로 한가하니
서방 극락세계 묻지도 마소.
흰 구름 걷히면 청산인 것을

是是非非都不關

山山水水任自閑

莫問西天安養國

白雲斷處有靑山

흰 구름 걷히면 청산이 그대로 드러나듯 마음 또한 그러하다. 흰 구름과 같은 번뇌는 우리가 매 순간 만드는 것들이다. 눈, 귀, 코, 혀, 피부, 분별 의식에서 쏟아지는 욕심과 나와 내 것이라는 생각에서 오는 갖가지 감정들(칠정七情 - 기쁨·성냄·슬픔·즐거움·미움·두려움·사랑), 그리고 과거의 경험들이 무의식에 저장이 되고 그 경험들이 하나의 고정된 생각이 되어 현재 의식을 방해하는 구름이 된다. 《화엄경華嚴經》에 석가모니 부처님이 깨달음을 얻으시고 처음으로 내놓은 말씀이 있다.

"기이하고 기이하구나. 일체중생이 여래와 같은 지혜智慧와 덕상(德相, 자비심)이 있건만 분별망상으로 인해 알지 못하는구나."

이 말씀은 누구나 본래 부처라는 선언이다. 자신에 대한 믿음을 강조하는 내용은 중국 선종의 초조 달마 대사의 어록에도 나온다.

"중생과 성인은 동일한 진성(眞性, 참성품)을 가지고 있다. 다만 중생은 객진번뇌(客塵煩惱, 번뇌는 본래부터 마음에 있는 것이 아니라 외부에서 들어와 청정한 마음을 더럽힌다는 뜻)로 말미암아 그것을 모를 뿐이다. 객진번뇌는 벽관(壁觀, 번뇌가 들어올 수 없도록 마음을 집중하여 벽과 같이 함)을 통해 없앨 수 있다."

수행을 통해서 번뇌 망상을 내려놓으면 성인과 그 깨달음이 같다는 말이다. 얼마 전 태국의 아잔 차 스님의 《마음》이라는 책을 읽었다. 책의 첫머리에는 이렇게 쓰여 있다.

"마음으로 말하면 마음에는 아무것도 잘못된 것이 없다. 마음은 본래 깨끗하고 마음 안은 이미 고요하다. 요즘 들어 마음이 고요하지 않았다면 그것은 마음이 감정을 따라갔기 때문이다. 본래 마음에는 아무것도 없다. …… 기쁨도 슬픔도 마음이 아니며 그 어느 것도 마음의 본질이 아니다."

이 글에서도 마찬가지로 선禪의 스승들은 한결같이 가장 먼저 자기 자신의 본래 마음에 기준을 두고 그에 대한 믿음을 강조하고 있다. 과거의 경험이나 자신의 추측, 상상하는 생각을 과감히 버리는 무아적 관점, 그리고 현재를 있는 그대로 인정하고 모든 것은 홀로 있을 수 없다는 연기緣起적 통찰이 살아있어야 지혜가 나온다. 그런 지혜의 마음을 늘 살아있게 쓰는 것이 행복하고 평화롭고 자유자재한 삶으로 가꾸는 것이다.

결국 모든 대상의 본질을 본다는 것은 밝은 눈으로 있는 그대로 바라보고 모든 가능성을 열어두는 데 있다.

사람마다 발 아래
맑은 바람 불고 있네




人 人 脚 下 淸 風 吹


눈이 많이 내렸다. 남쪽이라 일찍 핀 동백꽃들이 눈 모자를 썼다. 사진을 찍고 있는데 아랫마을에 사는 태극이 엄마가 아이를 데리고 올라왔다.

"스님! 우리 태극이가 얼마 전 군산에 있는 고등학교에 진학이 결정되어 지금 그곳에서 축구를 하고 있어요. 그런데 날마다 가위에 눌리고 슬럼프에 빠져있어요. 어떻게 극복하면 좋을지 모르겠어요. 방법이 없을까요?"

태극이는 초등학교 4학년 때부터 축구를 시작했다. 제법 축구를 잘해 읍내 중학교를 무사히 마치고 군산의 고등학교로 일찍 스카우트되어 갔다. 촉망받는 축구 유망주로 주위의 기대를 한 몸에 받으며 고등학교에 갔지만, 자신이 꿈꾸어온 생활과는 사뭇 달랐던가 보다. 그래서 중학교 시절의 여러 경험들과 비교하게 되고 그러다 보니 슬그머니 불안과 불만이 쌓인 것이다.

"태극아, 먼저 긴장을 푸는 것이 좋겠다. 새로운 학교와 감독선생님, 낯선 친구들의 말과 행동에 주눅이 든 마음을 내려놓아라. 알고 보면 모두가 너를 돕기 위한 사람들이다. 그리고 혼자 있을 때 외롭다는 생각에 빠지지 않도록 조심해라. 그럴 때는 먼저 조용히 앉아라. 그 다음 숨을 깊게 들이마시고 여기 단단하고 생생하게 살아있음을 느껴라. 친구들의 좋은 점들을 찾아내서 따라 하고 칭찬을 해라."

새로운 곳에서 느꼈을 낯선 긴장과 더 잘하고자 하는 욕심, 익숙했던 중학교 친구들과 비교하는 마음을 내려놓으라고 하자 태극이의 눈빛이 금방 살아나 반짝거렸다. 태극이의 눈빛을 보면서, 처음의 위기가 성장의 밑거름이 되리라는 믿음이 생겼다. 태극이는 얼마 지나지 않아 활발발 자유자재하게 축구를 하고 친구들의 밝은 장점들을 찾아내어, 자비심 가득한 축구를 할 것이다.

선禪은 이처럼 자신을 신뢰하게 하고, 가장 근본 마음의 상태로 되돌려주는 기능을 한다. 어느 곳에서 어떠한 대상을 만나도 비교하는 마음과 추측, 상상하는 마음을 내려놓고, 현재적 관점을 갖게 해준다. 그리하여 행동은 밝아지고 사고는 자유로워진다.

조선시대 최고의 시인인 소요 스님은 깨달음을 이렇게 노래했다.

개개의 얼굴이 밝은 달처럼 환하고
사람마다 발 아래 맑은 바람 불고 있네.
거울마저 깨뜨리니 흔적조차 없어라
한소리 새 울음에 가지 위에 꽃이 피네.
箇箇面前明月白
人人脚下淸風吹
打破鏡來無影跡
一聲啼鳥上花枝

우리의 본래 마음은 청정하고 진실해서 밝은 달처럼 환하다. 개별의 사람이나, 사물이나, 일에서 그 본질을 그대로 볼 줄 아는 눈이 필요하다. 그렇게 된다면 사람들의 장점과 사물의 아름다움, 일의 실마리들을 자세히 볼 줄 알게 된다. 사람마다 보이는 행동들도 누구나 진실하고 자신의 노력을 최대한 발휘한다는 점을 인정하는 것이 지혜롭게 보는 것이다. 지나간 일에 대한 집착이나 미래에 대한 추측과 상상을 모두 내려놓는다면 그 사람의 행동

하나, 한마디 말이 사람을 살리는 자비가 된다는 시구이다.

선禪이란 마음을 챙기는 정념正念을 통하여, 고요한 마음의 상태인 정정正定에 이르는 것이다. 그 고요한 선정禪定의 마음이 경계를 만났을 때 통찰의 지혜가 나오게 된다. 이 통찰의 지혜가 실천에 옮겨졌을 때 자비심으로 나타난다.

매월 미황사에서는 20여 명의 사람들과 8일 동안 참선집중 수행을 진행한다. 일정을 모두 마치고 난 다음날 새벽, 텅 빈 선방에 홀로 좌복에 앉으면 화두가 깊어지고 금방 정정正定의 상태를 느끼게 된다. 초심자에게 참선지도를 할 때에는 항상 본래 부처라는 대신심大信心을 먼저 강조한다. 상대에게 하는 말이 결국에는 나에게 하는 말이므로, 그때마다 내 스스로 더 깊어지고 향상되어 있음을 본다.

겨울 햇살 가슴에 가득 담고, 추운 겨울을 귀하고 따뜻한 수행의 시간, 성장과 성숙의 시간으로 만들면 좋겠다.

내려놓음

나뭇잎이 떨어져 내 발목을 덮다

새벽 3시 사방이 어둠뿐인 때, 산사는 도량석으로 서서히
깨어날 준비를 한다. 대웅전에 앉아 있으면 고요함과
깨어남이 동시에 다가온다. 목탁의 운율에 실린 청아한
염불 소리가 캄캄한 어둠을 가르며 숲으로 날아가
나무와 바람과 새들을 깨운다.

| | |
|---|---|
| 동방에 물 뿌리니 맑아지고 | 一灑東方潔道場 |
| 남방에 물 뿌리니 청량해지고 | 二灑南方得淸凉 |
| 서방에 물 뿌리니 정토가 되고 | 三灑西方俱淨土 |
| 북방에 물 뿌리니 평안해지네. | 四灑北方永安康 |
| 도량이 청정하여 더러움 없으니 | 道場淸淨無瑕穢 |
| 삼보와 천룡이여 이곳으로 내려오소서. | 三寶天龍降此地 |

동서남북 사방에 관세음보살의 위력이 충만해지는
《천수경》, 〈사방찬四方讚〉 염불 소리가 잦아지면 108번의
소종小鐘 소리가 이어진다. 청량하다. 계속되는 《금강경》, 야보의 게송.

| | |
|---|---|
| 산당에 고요한 밤 말없이 앉았으니 | 山堂靜夜坐無言 |
| 적적하고 요요한 것 본래가 자연이로다. | 寂寂寥寥本自然 |
| 어찌하여 서풍은 동쪽 숲에 불어드는가. | 何事西風動林野 |
| 찬 기러기 외마디 울음 구만 리 장천에 울리는구나. | 一聲寒雁淚長天 |

나무아미타불南無阿彌陀佛.

새벽예불,
스무 살 수행자의 첫 마음을 깨우다

寂 寂 寥 寥 本 自 然

'산당에 고요한 밤 말없이 앉았으니.' 게송의 첫 구절은 한없이 마음을 고요하게 쓸어준다. 생각해보라. 조용한 산사에서, 그것도 가장 고요한 시간인 밤, 그 시간에 말없이 앉아 있는 마음의 상태는 얼마나 고요 고요한가.

새벽예불은 끊어질 듯 계속된다. 묵직한 범종 소리는 산과 법당과 몸을 깊은 울림으로 가득 채우고 법고, 운판, 목어 차례로 천지간의 미물과 지옥 중생을 깨운다. 이어 발원문,《반야심경》독송으로 예불은 끝이 난다. 새벽예불은 우리 땅 곳곳의 사찰에서 천 년을 넘게 이어온 의식이다. 오랜 세월 동안 다듬어진 종교의식은 그 자체로 오늘의 우리에게 수행자의 삶을 선물한다. 스무 살이 막 되던 설날에 해인사 행자실에 찾아들었다. 바깥의 영하의 날씨와 다르게 10여 명 행자들의 푸릇함과 열기로 가득한 방이었다. 방 가운데 눈길을 끄는 액자가 있었다. 단정하고도 엄숙한 글씨 한 점, '下心(하심).' 지월 선사의 글씨였다. 쌀 한 톨을 아끼고, 지위를 따지지 않고 모든 이들을 보살이라 높이고, 도道를 이루고도 산을 지키는 산감 소임을 사셨다는 일화 속의 스님인지라 글씨에 무게감이 더했다.

그 글씨 한 점에 갓 출가한 행자들의 설익은 마음을 내려놓게 하는 힘이 있었다. 먼저 걸어간 수행자의 삶과 수행이 담겨 있기에 묵직한 경책이었던 것이다. '하심'은 세상에 살 때 가졌던 욕망과 갈등, 긴장을 내려놓고 일순간 수행의 마음에 가까이 다가가게 했다. 내려놓음이 비로소 수행자로 시작하는 첫 마음이었다.

강원(講院, 사찰의 승려 교육기관) 시절에는 매번 결제 시작일부터 1주일 동안 사찰예절 습의를 한다. 앉는 법과 차수 하는 법, 절하는 법, 예불 하는 법, 옷 입는 법, 발우공양 하는 법 등 대중생활에서 가장 기본이 되는 것들을 6개월마다 배우고 또 배운다. 그때는 반복해서 배우는 것이 불만스럽기도 했다. 하지만 그 시절 지루하리만치 반복하던 배움이 지금껏 내가 수행자로 한 길을 걸어올 수 있는 바탕이 되었음을 느낀다.

단순함의 반복이
나를 살린다

一　心

참선은 참선 자체가 목적이 아니다. 수행의 행위보다는 수행을 통해 지혜를 얻고 자비를 실천하는 삶에 목적이 있다. 절집의 생활과 의식에는 오랜 세월 수행의 내용이 고스란히 녹아 있다. 그 행위들을 익히는 것이 참선을 배우는 가장 중요한 시작이자 기본이다.

　출가한 스님들은 행자 생활, 기본교육 과정의 습의와 절에서의 생활수행만으로도 자연스럽게 수행의 기초가 단단해진다. 그중 사찰예절은 오랜 세월 이어져 온 수행 방법의 결정체다. 불교는 수행의 종교다. 수행은 욕심내는 마음과 화내는 마음, 고집스런 마음을 버리고 청정한 마음과 고요한 마음, 지혜로운 마음을 갖게 하는 것이다.

그중에서 차수叉手 수행은 외부로 향하는 마음을 안으로 갈무리하여 힘을 모으는 방법이다. 차수는 평상시 걸을 때나 서 있을 때, 앉아 있을 때 왼손 위에 오른손을 교차하여 자연스럽게 단전 부위에 가지런히 모으는 자세이다. 수행을 처음 접하는 사람들에게 가장 먼저 권하는 수행법이다.

우리의 감각기관인 눈, 귀, 코, 혀, 피부는 항상 밖의 현상에 반응한다. 더구나 현대사회는 온갖 욕망을 자극하는 현란함으로 가득하다. 우리의 마음이 나를 살피기보다 밖으로 내달릴수록 한없이 작아지는 '나'를 만나게 된다. 그런 현대인에게 차수는 쉽고 단순한 수행법이다. 손 모양과 마음의 상태는 밀접하게 연결되어 있다. 부처님 손도 그 모습(수인手印)에 따라 발원하는 내용이 각각 다르다. 손은 밖으로 향하거나 벌어져 있으면 마음이 흐트러지고, 가지런히 안으로 향하면 마음이 모아진다.

두 손을 가슴께에서 마주하는 합장 수행은 마음을 모으는 법으로는 인류 역사에서 가장 오래된 수행법이다. 보통 사람은 하루에 4만 7천 가지의 생각을 한다고 한다. 다섯 감각기관의 식識과 분별의식, 자의식과 무의식을 통하여 매 순간 생각이 일어나고 산만하게 흩어지는 것이다. 합장은 흩어진 마음을 일심一心

으로 모은다. 열 개의 손가락을 하나로 모으는 행위를 통해 수많은 생각과 상대와 나, 본질과 현상이 하나가 된다. 왼손가락은 몸속의 다섯 장기(간, 심장, 위, 폐, 신장), 오른손가락은 다섯 감각기관(눈, 귀, 코, 혀, 피부)과 연관되어 있다. 이 두 영역이 손을 통해 하나로 모아지면서 가장 온전한 몸의 상태가 된다.

합장 수행은 사람을 대할 때나 공양을 하기 전, 법당에 들어설 때, 물건을 들기 전에 합장한 자세에서 허리를 45~60° 정도 숙이는 것이다. 합장을 할 때마다 순간순간 수행하는 마음을 스스로 새기게 되고, 마주하는 상대도 고요한 마음을 갖게 된다.

큰절(오체투지五體投地) 수행은 자신의 관점을 내려놓는 무아無我 수행의 최고의 방법이다. 오체투지는 스승이 외출하고 돌아오면 제자가 발을 씻어드리는 인도의 전통에서 유래한다. 몸에서 가장 높은 이마를 땅에 붙이고, 스승의 가장 낮고 더러운 발을 받들어 올리는 최상의 존경을 표시하는 몸의 동작이며, 교만과 어리석음을 떨쳐버리는 가장 경건한 예법이다.

우리나라의 오체투지는 몸의 다섯 부분인 이마와 두 팔, 두 무릎이 땅에 닿도록 절을 하는 것이다. 이마를 땅에 대는 것은 나를 낮추는 마음인 하심이고, 욕심과 성냄, 고집을 내려놓는다는 의미이다. 손을 받들어 올리는 것은 '나'는 없고 상대를 받들어 올리고, 청정하고 고요하고, 지혜로운 마음을 담는다는 뜻이다.

한결같이 사는 일,
그것이 수행이다


恒　常


나에게 겨울 숲을 걷는 일은 수많은 스승들을 만나는 시간이다. 나무들에게 겨울은 극복하기 힘든, 어려운 시간일 것이다. 아무리 매서운 추위라도 피하지 않고 단단하게 그 자리에 뿌리를 내리고 서 있다. 어려움을 극복하기 위해서는 봄부터 애써 만들었던 수많은 나뭇잎도 미련 없이 떨어뜨린다. 그 나뭇잎들은 내 발밑에 떨어지거나 다른 나무의 발밑에 떨어져 성장의 거름이 된다.

　　반면에 사람들은 조금만 추워도 옷을 껴입듯이 조금만 어려워도 어찌할 바를 몰라 주저앉거나 피해갈 방법을 궁리한다. 나무가 말없이 겨울을 이겨내고 꽃을 피워 봄을 맞듯이 사람도 어려움을 성장의 기회로 삼을 수 있다면 나무가 곧 스승이 되는 것이다.

우리는 수행을 한다고 하면서, 좌복에 앉아 있는 시간으로 수행의 시간을 말하고는 한다. 10년의 안거와 출가수행이 아니어도 일상의 삶이 나를 낮추고, 모든 것을 스승으로 여기는 마음이면 이번 동안거는 작은 곳에서 큰 이득이 있을 것이다.

감히 말하고 싶다. 일상생활을 떠난 고고한 수행은 없다. 차수하고 걷는 일, 합장하고 인사하는 일, 새벽예불의 고요한 시간에 젖는 그 모든 일상을 여일하게, 한결같이 사는 일, 그것이 수행이다.

무

문

관

문 없는 문, 빗장을 열고 나가는 힘

"수행을 하면서 7박 8일 동안 나 자신과 이렇게
오랫동안 이야기를 해보기는 처음인 것 같습니다.
1.5평이라는 작은 공간에서 내 안에 있는 것들을 아주
많이 끄집어냈습니다. 이렇게 많은 번뇌와
망상, 집착이 내 안에 있었나 놀랄 정도입니다.
이 모든 것들은 40년 넘게 살면서
내가 만들어 온 습習에서 비롯되었겠지요.
늘 담아두지 않고, 내려놓고, 비우는 마음으로 살려고
했는데 오히려 더 많은 것들을 마음에 담으며
살아온 듯합니다. 그리고 이것이 현재 '내 안의 감옥'
이라는 사실을 깨달았습니다."
무문관無門關 수행 일반인 참가자늘이 남긴 소감이다.

나를 볼 수 있다면
감옥도 우주다




獨　坐


소감을 더 들어보자.

　　"일상에 찌든 몸과 마음을 수행으로 바꾸는 시간. 몸 구석구
석 쑤시고 결리고 아프고, 엉덩이와 등과 허리는 가시가 박혀 찔
러대고……. 이를 악물고 참았습니다. 그러자 4일째 되는 날부터
몸이 편안해지고, 집중하는 시간도 길어졌습니다. 나를 성찰하고
바라보면서 마음에 평화가 조금씩 깃들었습니다."

　　"'흰 구름 걷히면 청산이다. 지극한 도는 어렵지 않다. 바로
분별하여 간택하고, 증오하여 미워하고 사랑하는 마음 버리면 명
백히 드러난다.'고 승찬 조사는 말씀하셨습니다. 즉 중생심 버리

면 부처다. 부처 종자가 따로 없다는 말입니다. 그걸 실감한 시간
이었습니다."

"스님의 정성스러운 법문은 법문대로 좋고, 망상은 망상대
로 화두는 화두대로 좋았습니다. 화두 드는 것도 새로워지고 잘
해 나갈 수 있겠다고 생각이 든 것이 7일째 되는 날이었습니다.
마음이 단단해지고, 수행을 잘할 수 있으리라는 확신이 듭니다.
이제는 길 잃지 않고 수행을 잘하겠습니다."

선불교에서 무문관은 짧게는 3개월 길게는 6년 이상 빗장
을 걸어놓은 독방에서 좁은 틈으로 음식을 공양 받으며 화두참
구에 매진하는 수행법이다. 일반인을 위해 마련한 무문관 수행
은 8일 간의 여정으로 진행된다.

참가자들은 세상에서 가져온 모든 것들을 벗어놓는다. 핸드
폰과 입고 온 옷, 읽고 있는 책도 모두 맡기고, 수련복과 세면도구
만 챙겨들고 독방으로 들어간다. 8일 동안 1.5평에 스스로를 감
금하기로 자청하고 찾아온 이들이다. 그것은 온전히 수행의 시간
을 만들기 위해서다.

현대인들은 바쁜 일상 속에서 외부와 완전히 단절된 시간을
내기란 쉽지 않다. 외국에 나가도 전화 로밍으로 평소와 다름없
이 일과 사람들과 연결되어 있다. 하지만 무문관에서는 모든 것
과 끊어진다. 사람으로부터, 말로부터, 관습으로부터, 그리고 일

로부터 단절이다. 그야말로 '나'만을 위한 일상의 출가이다.

사방 두어 걸음이면 벽과 마주하는 좁은 방이지만 자신의 호흡과 화두로 채우기에 충분한 공간이다. 문 아래쪽 손바닥만 한 쪽문으로 하루 두 끼, 아침죽과 점심밥이 들어온다. 밖에서 문을 걸어 잠그기 때문에 그야말로 문이 없는 무문관이다.

아침 6시 30분, 스피커에서 흘러나오는 음성에 맞추어 108배를 하고, 죽비소리에 좌선(坐禪, 가부좌를 하고 정신을 집중하여 무념무상無念無想의 경지에 들어가는 수행법)을 한다. 오전 10시, 1시간 동안 수행의 마음을 촉발시키는 선문답 방송 강의를 듣고 좌선을 이어간다.

나머지 시간은 자유 수행이다. 미황사 무문관은 '함께' 수행하지만 또 '혼자' 수행하는 특이한 구조의 공간이다. 서로가 보이지 않기 때문에 오롯이 홀로 수행에 집중하면서도, 혼자 수행했을 때 직면하게 되는 문제를 극복할 수 있는 장점이 있다.

살기 바빠서
삶을 돌볼 틈마저 없는가?


決　心


우리 사회는 안개 속을 걷는 듯하다. 정치는 불신의 대상이 되고, 경제는 소수자의 이득만을 향해 달음질친다. 교육마저 시장에 던져졌다. 청소년들은 꿈을 꾸지 않고, 청년들은 미래를 불안해한다. 30대는 전세자금을 걱정하고, 40대는 대출금 갚기에 시달린다. 노인들은 야윈 몸을 편안히 누일 곳이 없다. 사람들은 어디에서 안정을 찾고 위로 받고 꿈을 꾸어야 할까.

　　요즘 사람들은 옛날보다 더 오래 살고 과학기술의 발달로 살기 편해졌지만 삶은 더 강퍅해졌다. 살기 바빠서 삶을 돌볼 틈이 없다. 옛날만큼 삶의 에너지를 마음 수행에 바치기 힘들며 인격을 높이려는 궁리도 쉽지 않다. 도처에 수행을 방해하는 유혹은 넘쳐나고 올곧게 전념할 수행 공간도 많지 않다. 그러나 수행은 수행이 어려운 상황에서 더욱 필요하다. 어떻게든 수행의 환경을 다양하게 만들어내야 한다.

참선 수행은 자신이 처한 환경에 맞게 다양한 방법으로 할 수 있다. 집에서 혼자 참선을 할 수 있고, 선원이나 선 센터, 수련원에서 여러 사람들과 함께 할 수도 있다. 날마다 1시간 정도 참선 시간을 갖거나 1주일에 하루 동안 집중적으로 수행할 수 있다. 이도 여의치 않으면 매월 하루나 이틀, 날을 정하여 집중 수행을 하는 방법도 있다. 또 선원이나 절에서 진행하는 1주일 수련, 3개월 안거, 100일 수행, 3년 수행과 같은 장기 수행도 참여할 수 있다.

가장 좋은 수행 방법은 출가 수행자이든 일반인이든 자격이 있는 스승에게 지도를 받는 것이다. 스승은 수행의 핵심을 곧바로 파악해 올바른 견해를 갖도록 도와주고, 더 빨리 몸과 마음이 번뇌에서 벗어나도록 돕는다. 수행을 하다 보면 '내가 바르게 수행하고 있는가?'라는 의문이 들면서 수행에 진척이 없을 때가 많다. 스승은 그 과정을 부드럽게 건너가도록 도와준다. 수행을 하면서 체험하는 여러 가지 마음의 장애나 어려운 문제들을 들어주고 쉽게 해결할 수 있는 길라잡이 역할을 해준다.

미운 친구가
부처로 보이는 경이로움


道　伴


스승이 없는 경우에는 5명 이상의 대중 수행 모임을 만드는 것도
좋은 방법이다. 한 사람에게 문제가 생겼을 때 누구라도 도와줄
수 있기 때문이다. 수행 도중에 정신적, 신체적으로 어떤 현상이
나타날 때, 곁에 경험 있는 사람이 있다면 그것들은 대부분 환상
들이니 무시하라고 답변해줄 것이다. 수행 중에 일어나는 현상이
나 감각, 관념에서 벗어나 초연하고 차분하게 화두만 들고 구함
없이 평온한 마음을 유지할 수 있는 길을, 함께하는 도반이 안내
해줄 것이다.
　　좌선의 방법이나 불법에 대한 의문에 대해서도 경험자가 알

려주어 서로서로 이끌어주면 쉽게 수행을 할 수 있다. 가까운 도반이나 대중과 함께 수행하면 규칙적인 일과를 만들고 서로 수행의 욕구들을 향상하는 데 도움이 된다.

그러나 재가자의 집중 수행에 너무 오랫동안 스승 없이 수련하는 것은 옳지 않다. 잘못된 길을 가고 있으면서도 그걸 놓치고 에돌아가는 경우가 있기 때문이다. 재가자의 수행은 수행자보다 쉽지 않다. 학교나 직장, 가정을 떠나 오랫동안 꾸준하게 수행할 여건이 쉬 만들어지지 않기 때문이다. 무엇보다 마음을 분산시키는 번다한 일과 번뇌가 수행을 중단시키곤 한다.

그렇다고 절망할 일은 아니다. 지금 여기 자신 앞에 놓인 문제를 수행의 과제로 삼아 정진하면 된다. 매 순간 일상에서 부딪치는 크고 작은 고민과 갈등을 감정으로 마주하지 않고, 지긋이 바라보면서 일어나는 변화를 관찰한다면 이보다 좋은 수행의 재료는 없다. 미운 친구가, 거북한 상사가, 얄궂은 가족이 부처님으로 환치되는 경이로움을 맛볼 것이다.

또한 그 수행이 더 확장되어 만물에 대한 자비심으로 꽃을 피우며 아我와 타他의 경계마저 허물어져 삶이 그대로 자비행이 될 것이다.

좌선

앉아 있음, 즐겁고 좋은 시간

태평양을 건너 미황사를 찾아온 미국인 스티브.

평소 요가와 호흡수행을 한다는 그가 '좌선'에 대해 물었다.

"스님, 우리는 항상 무엇을 생각합니다.

또 아무것도 생각하지 않을 때도 생각을 하고 있다고

느껴집니다. 그런데 어떻게 아무 생각도 추리도 하지 않고

그냥 순수 의식으로 앉아 있을 수 있다는 말입니까?"

"당신의 말이 맞습니다. 어떤 것이건 자신이 경험해보지

못했다면 상상조차 어렵습니다.

특히 좌선은 해보지 않으면 그 상태를 알 수가 없습니다.

자신은 생각하지 않는다고 생각할 때, 그것이 생각입니다.

좌선을 하면 감정의 기복도 없고, 산란한 마음도 없고,

혼란스러움도 없는 지점에 도달할 수 있습니다.

평정의 상태에 도달하여 마음이 평화롭고, 물결이

없습니다. 그것이 바로 '맑음'입니다. 그 상태에서도

여전히 생각들이 있지만, 맑음을 유지하면

그런 생각에 집착하지 않게 됩니다."

우리는 늘 '맑음'으로
앉아 있을 수 있을까

如　是

경전의 첫 구절은 언제나 보리수 아래에서 부처님과 제자들이 그 '맑음' 속에서 움직이고 고요하게 앉은 곳에서부터 시작한다.

　　"이와 같이 내가 들었다. 어느 때 부처님이 사위국 기수급 고독원에서 큰 비구 천이백오십 인과 함께 계셨다. 그때 세존이 식사하실 때가 되었으므로 가사를 입고 발우를 챙기어 사위성 안으로 들어가 차례로 밥을 빌었다. 그리고 본래 자리로 돌아와 공양을 마치고 가사와 발우를 거둔 뒤 발을 씻고 자리를 펴고 앉으셨다."

　　과연 부처님이 보리수나무 아래 앉아 계시듯, 현대인들도

'맑음'으로 앉아 있을 수 있을까. 현대인들은 바쁜 일정에 잠시라도 짬을 낼 수가 없다. 분 단위로 나눠 일을 하고 가족이나 친지들과의 관계 속에서 분주하다. 게다가 TV, SNS, 라디오, 신문 등 우리의 눈길과 생각을 붙잡아두는 도구들이 끊임없이 유혹한다. 좌복에 차분하게 앉아 있을 시간이 거의 없다.

귀하게 마음을 내어 8일 동안의 참선집중수행을 마친 이들도 집에 돌아갈 생각을 하면 걱정부터 앞선다고 한다. 나는 일상으로 돌아간 뒤에도 하루 1시간, 적어도 30분 정도 시간을 내어 좌선을 해야 공부가 유지되고 삶을 향상시킬 수 있다고 권한다. 하지만 나중에 점검해보면 시간을 내기가 어려워 포기하고 예전처럼 바쁜 일상의 흐름으로 돌아간 이들이 많다.

경전의 첫구절은 앞에서도 언급했듯이 여시아문如是我聞, '이와 같이 내가 들었다.'로 시작한다. 이는 부처님 말씀에 대한 정확성을 나타내기 위한 장치이다. 한편으로 여시如是는 '모든 현상의 있는 그대로의 참모습, 분별을 떠난 있는 그대로의 모습'을 뜻한다. 부처님이 가사를 입고 발우를 챙기고 밥을 빌리고 공양을 하고 발을 씻고 자리를 펴고 앉는 것은 바로 우리의 일상을 뜻한다. 그러한 부처님의 모든 생각과 행동은 '맑음', 그 자체이다. 우리도 부처님처럼 일상에서 무엇을 하든 어디에 있든 여시, 항상 '맑음'이어야 하는 것이다.

하루 중
'걱정 없는 시간'을 만들어라


數　息


좌선을 할 때 굳이 좌복에 앉을 이유는 없다. 꼭 30분이나 1시간
이어야 할 필요도 없다. 3분, 5분 앉아도 된다. 책상 앞에서, 승용
차, 버스 혹은 기차 안에서 몸과 마음을 이완하고, 호흡을 하고,
마음을 가라앉히면 된다. 우리 몸과 마음이 스스로 회복하도록
잠시라도 시간을 내준다고 생각하라. 수행자인 나도 새벽부터 저
녁 잠자리에 들 때까지 10분의 짬도 낼 수 없을 때가 종종 있다.
하지만 생각이 날 때마다 몸과 마음을 이완시키고 '맑음'에 두고
자 노력한다. 번거로운 일들도 오고가도록 내버려둔다. 조금의
시간과 노력을 기울이면 누구나 어렵지 않게 할 수 있다.

선의 지침서인 《육조단경六祖壇經》에는 밖으로 어지러운 마음을 쉬는 것을 '좌座'라 하고, 자신이 가지고 있는 평화롭고 맑은 마음을 드러내는 것을 '선禪'이라고 말하고 있다. 송나라 때의 종색 선사도 좌선을 하기 위해서는 밖의 잡다한 인연과 번거로운 일들을 쉬라고 가르쳤다. 몸과 마음이 하나가 되고, 고요하게 앉아 있거나 움직여 어떤 일을 할 때 차이가 없게 하라고 권하고 있다.

앉아서 좌선하는 것을 꼭 해야만 하는 어떤 의무로 생각해서는 곤란하다. 나를 평화롭고 행복하고 자유롭게 해주는 시간으로 생각하고 즐겨야 한다. 매일 하는 수행이 즐길 만하고, 편안하고, 즐거운 시간이라고 스스로에게 말을 걸어야 한다. 이런 태도를 가지고 있으면 졸리거나 긴장하지 않게 된다. 무엇이든 즐기는 마음이라면 어떤 어려움도 극복할 수 있다. 좌선의 시간을 하루 중에 '걱정이 없는 시간'으로 정하고, 모든 것을 놓아버릴 수 있는 다시 없는 절호의 기회라고 생각하면 좋다.

적절한 자세는 좌선에 가장 많은 도움을 준다. 두툼한 좌복을 깔고 반가부좌를 하고 앉는다. 반가부좌는 움직임이 많은 오른쪽 다리를 아래로, 움직임이 적은 왼쪽다리를 위에 올려놓는다. 허리는 척량골이라는 아래에서 다섯 번째 척추를 바로 편다. 좌선 자세의 핵심은 허리를 펴는 것이다. 상체와 하체의 균형이 맞아 몸이 조화롭고, 호흡이 깊어지고, 머리가 산란함이 없이 맑아진다. 눈은 뜨고 손은 두 손을 단전 앞에 둥글게 모으는 선정인을 한다. 그러고는 머리끝에서 발끝까지 스캔을 하듯이 차례로 긴장을 풀고 이완시킨다. 자세가 바른지 확인하고는 몸에 대해서는 잊어버리는 것이 좋다.

어떤 이들은 앉자마자 졸음에 빠져 허우적거리기도 한다. 바쁘게 움직이다가 잠시 긴장을 풀고 자리에 앉으니 어쩌면 당연한 현상이다. 이때는 허리를 곧게 펴고, 눈을 활짝 뜨고 정면을 응시하여 눈물이 나오도록 한다. 이때 들이마시는 호흡은 깊게 하고, 내쉬는 호흡은 길게 해야 졸음과 혼침(昏沈, 몽롱한 상태)에서 벗어날 수가 있다.

수행의 초기단계에서는 수식관(數息觀, 호흡 헤아리기)을 하여 마음을 집중시키는 방법이 필요하다. 수식관의 방법은 일상의 마음을 어디에 빼앗기고, 향하고 있는지를 스스로 잘 알게 해준다. 어느 상태가 무기(無記, 멍한 상태)인지, 어느 상태가 번뇌(煩惱, 욕심, 성냄, 고집, 기억, 추측, 상상)인지를 잘 구분하게 하고, 그러한 무기와 번뇌를 뛰어넘어 집중된 마음의 힘을 갖게 해준다.

지혜는 실천할 때
비로소 빛나는 법

閒　寂　安　居　實　蕭　灑

좌선할 때 몸도 불편하고 마음의 집중도 잘 안 된다고 미루거나 포기하면 안 된다. 그럴 때마다 쉬지 않고 계속 시도를 하는 것이 중요하다. 처음 배드민턴을 할 적에는 공을 줍느라 맥이 빠지기도 하지만 계속 연습하고 흥미를 갖고 끈질기게 하다 보면 어느 시점에 이르러 자연스럽고 즐길 만해진다. 좌선 수행도 마찬가지다. 하나의 습관으로 자리 잡도록, 스스로에게 암시를 주면서 계속해야 한다. 좌선은 즐겁고 좋은 시간이라고 스스로에게 자주 말하는 것이 일상에서 좌선을 놓치지 않는 방법이다.

　모든 근심을 내려놓고 깨달음의 노래를 지은 영가현각 스님은 도인의 풍모를 이렇게 노래했다.


깊은 산집 저 고요에 머무름이여　　入深山住蘭若

높은 산 그윽하여 낙락장송 아래네.　岑崟幽邃長松下

넉넉한 마음으로 풀집에 앉아 있나니　優遊靜坐野僧家

고요하고 편안하고 맑고 차갑네.　　閴寂安居實蕭灑


어느 총림의 방장스님은 해제법어에서 서산 대사의 말을 빌려 걸망을 지고 산문 밖을 나서는 스님들에게 당부를 하였다.


하진이라는 보석도 땅에 떨어지면 티끌과 섞이고

천년학도 집을 나서면 들짐승의 침노를 받는다.

오랜 수행자라도 세간에 들어가 섭화중생하려면

산문 밖에 나설 때부터 깊은 강물 위 살얼음 밟아가듯

조심조심 살피며 하고픈 일을 해야 할 것이다


엄동설한을 이기고 대장부의 수행정진을 한 스님들도 한 걸음이 조심스러운 법인데 세상 속에 섞여 사는 사람들은 그 공부를 어떻게 지어가야 할 것인가. 작은 지혜라도 실천하고, 잠시의 짬이라도 내어 고요히 앉아 자신에게 평화로움을 선물해야 한다.

스
승

나의 그릇이 크면 스승도 크다

차담을 나누다가 문득 내가 한 말에서 공부거리를
발견하고 나 자신을 점검하는 때가 있다.
"받은 것을 생각하는 사람은 늘 행복하다.
그러나 준 것을 기억하는 순간, 자신을 불행한
감정으로 끌고 간다."
행복은 결국 자신의 마음에 달려있는 것이다.
아침이면 혼자 마음속으로 말한다.
'나는 참 복이 많은 사람이다. 이번 생에 출가하여
이렇게 좋은 곳에서 눈을 뜰 수 있다니.'
그러면 감사한 마음으로 가득해진다.
미황사를 내려다보는 듬직하고 아름다운 산이
고맙고, 천 년 넘도록 수행도량으로 가꾸어 온
옛 스님들이 고맙다.
밝은 햇살이 고맙고, 도량을 포근하게 감싸 안은
푸르른 나무들이 고맙다.

첫 공부의 기쁨,
과거의 깨달음까지 모두 버려라


出 世


우리는 많은 것들로부터 수없이 도움을 받는다. 그중에 좋은 스승을 만나 수행에 도움을 받는 것은 복 중의 으뜸 복이다. 살다 보면 여러 방면에서 스승을 만나지만 부처의 지견知見을 열어주는 스승을 만나기는 쉽지 않다. 주위에는 잘못된 견해, 잘못된 생각으로 말미암아 고통을 반복하며 살아가는 이들이 많다. 바른 생각을 열어주는 스승은 수행뿐만 아니라 세상을 살아가는 데 든든한 힘이 된다.

　　견해는 배움이나 경험에서 나오지만 수행에서 직접 나오는 부처의 지견이라야 평화로운 해탈의 길이 열린다. 부처의 지견은

공空, 무집착無執着, 무상無相이다.《법화경法華經》에서는 "부처의 지견은 깨달음(覺)이다. 깨달음의 지견을 여는 것(開)과 깨달음의 지견을 보이는 것(示)과 깨달음의 지견을 깨치는 것(悟)과 깨달음의 지견에 들어가는 것(入)이야말로 진정한 깨달음이다. 열고 보이고 깨닫고 들어감은 한 곳으로부터 들어가는 것이다. 곧 깨달음의 지견으로 스스로 본래 성품을 보는 것이 바로 세상에 나오는 것(出世)이다."라고 설하고 있다.

사람들은 흔히 어떤 집착이나 기대를 마음속에 지닌 채 수행을 한다. 뭔가 얻을 수 있을 거라 생각하는 것이 관념인데 그것이 문제를 일으키기도 한다. 참선에 들어 경험한 초보적 체험을 큰 성취로 오해하는 경우도 많다. 몸이 깃털처럼 가벼워졌다거나, 시간이 훌쩍 지나가 있다거나, 몸에 따뜻한 기운이 올라오거나, 세상이 온통 밝은 빛으로 보이거나 하는 신비로운 현상들을 체험하면 완전한 깨달음을 얻은 양 착각하고 그것에 집착하는 것이다.

초기 불교 전통에는 네 가지 수행의 과위가 있다. 수행의 확신이 생기고 흐름에 들어가는 수다원須陀洹, 수행의 길에서 욕망의 집착이 희미한 사다함斯陀含, 욕망이 다하여 윤회하지 않아도 되는 아나함阿那含, 번뇌가 다하여 윤회에서 벗어나 해탈 열반으로 가는 아라한阿羅漢의 경지가 그 네 가지이다.

또 대승불교 경전에서는 보살 수행의 계위를 52위로 구분하고 있다. 《수능엄경首楞嚴經》에는 57위 맨 아래 단계에 난暖, 정頂, 인忍, 세제일世第一의 체험을 이야기하고 있는데 수행 4과의 단계나 보살 수행 52위의 단계보다 아래인 기초단계의 체험에 해당된다. 일반적으로 처음 참선 수행을 하는 사람들은 난위暖位에 도달하는 정도의 체험을 하고는 집착하거나 기대하는 경우가 많다.

또한 오래전에 수행하고 체험한 내용을 붙잡고 오늘을 사는 것도 문제다. 과거에 정말 열심히 했고, 귀중한 체험을 했더라도 그 기억을 붙잡고 있다면 당장에 버려야 한다. 올바른 지견도 아니며 바람직한 수행의 길도 아니다.

설사 전생에 많은 수행을 했던 사람이라 할지라도 금생에는 여전히 스승의 가르침이 필요하다. 혜능 대사는 선근이 있어서 《금강경金剛經》한 구절 듣고 마음이 밝아졌지만, 5조 홍인 화상으로부터 가르침을 받은 뒤에야 완전해졌다. 따라서 지견을 갖춘 훌륭한 스승을 만난다는 것은 수행의 시작이며 끝이다. 다시 말해 전부라고 할 수 있다.

참스승은 모습만으로도
충분한 가르침이다


무 상 심 심 미 묘 법
無 上 甚 深 微 妙 法

출가 초기, 나는 많은 방황을 했다. 수행에 대한 열망은 높은데 수
행의 방법과 방향에 대해 제시해준 스승을 만나지 못했던 것이
다. 아니 스승은 많았지만 나의 고집과 폭넓게 바라보는 시각이
부족해 곁에 있는 눈 밝은 스승을 알아보지 못했다.

　　해인사 학인시절 윗반 스님과 다툼 끝에 대중생활을 포기하
고 뛰쳐나왔다. 그 길로 찾아간 곳이 광주 시내에 자리한 송광사
포교당이었다. 잠시 그곳에 머물며 지냈는데 마당이 좁아 새벽
예불을 하다 보면 답답한 마음이 들었다. 그럴 때면 도로까지 나
가 목탁을 두드렸다. 미명에 어슴푸레 보이는 키 큰 빌딩들이 해

인사의 숲처럼 느껴지고, 목탁을 두드리면 돌아오는 공명이 좋아서 8개월 남짓 금남로에서 도량석을 했다. 5·18 광주민중항쟁 때 피로 얼룩졌던 금남로, 1987년 초 무렵이던 그즈음은 전두환 정권 말기라 낮에는 최루탄으로 뒤범벅이 되곤 했다. 그 거리에서 새벽마다 도량석을 도는 동안 나는 부처님의 가르침이나 수행보다 시민들의 외침과 한국사회의 아픔이 먼저 느껴지곤 했다.

그로부터 10년 뒤, 백양사에 주석하시는 서옹 스님을 가까이에서 모시면서 밖으로 향하는 마음을 안으로 갈무리할 수 있게 됐고, 평생의 갈 길을 찾았다. 개인의 욕망과 사회적 욕망으로 인한 고통과 모순을 어떤 방법으로 극복해야 하는지를 알게 됐다. 참사람 수행결사와 무차선회, 실직자 단기출가수련과, 운문선원에서의 실참을 통해서 자세하게 지도를 받을 수 있었다.

아무리 자세하게 스승으로부터 지도를 받는다 하더라도 자신의 그릇이 부족하면 받아들이는 것은 한계가 있다. 그래서 스승님이 열반에 드신 후 나는 늘 스승에 대한 그리움과 아쉬운 마음이 크다.

3년 전, 88세의 노구를 이끌고 한국에 오신 틱낫한 스님을 만났다. 다행히 보름 동안 지근거리에서 모실 기회가 있었다. 방에 혼자 계실 때 말고는 늘 모시고 다녔다. 걸으면 함께 걷고, 멈추면 나도 멈추고, 밥을 먹으면 함께 먹고, 대중강연을 하면 앞에서 듣고, 차를 타고 이동하면 함께 차를 타며 스님의 일거수일투족을 함께 했다. 어느 순간 저 노장스님이 나를 가르치러 먼 길을 오셨구나 생각하니 고마움뿐이었다. 스님의 몇 마디 말과 걸음과 눈빛, 모든 것이 배움이었다. 큰 스승을 만나 '배우는 방법'을 알게 된 것이다. 갑자기 세계적 스승인 달라이 라마 스님이 뵙고 싶다. 달라이 라마 스님은 그 모습만으로도 충분하게 자비심이 느껴지고 감동을 주는 분이다. 지견을 갖추고 평생 자비행을 실천하신 스승은 잠시 먼발치에서 보는 것만으로도 배움이 된다.

이렇듯 자격이 있는 훌륭한 스승을 모시고 있다면 따로 경전을 읽을 필요는 없다. 그 스승은 우리의 체험이 진짜인지 가짜인지 정확히 이해하고, 우리가 걸려 있는 집착이나 장애를 직접 지적해줄 수 있기 때문이다.

깨달음을 얻기 위해서는 반드시 부처님 지견에 기초한 지도를 받아야 한다. 깨달음을 얻고 난 후에도 여전히 자신의 체험이 부처님의 지견과 같은지를 점검해야 한다.

지견을 열어줄 스승이 없다면 부처님의 경전에 의지해야 한다. 깨달음의 지혜가 고스란히 녹아 있는 것이 경전이기 때문이다. 그러나 직접적 지도를 받을 수 없기에 경전을 대할 때 스승을 대하듯 해야 한다. 석가모니 부처님의 한 자락 법문을 생생하게 듣기 위해서 스님들은 꼭두새벽에 차를 달여 부처님께 올리고,

정성스런 공양을 지어 사시에 예불을 드리듯 경전을 공부하는 자세 또한 그와 같아야 한다. 그래야 최소한 잘못된 길로 가지 않는다.

더 없이 깊고 미묘한 법
백천만겁에도 만나기 어렵도다.
나 이제 듣고 보고 수지할 수 있으니
원컨대 여래의 진실한 뜻을 알고자 하나이다.
無上甚深微妙法
百千萬劫難遭遇
我今聞見得受持
願解如來眞實義

도
량

구슬을 찾으려면 물결을 가라앉혀야 한다

새벽예불과 참선을 마치고 방으로 돌아가는데

전화가 왔다. 낯선 번호였다. 어지간하면 이른

아침에는 전화가 오지 않는다. 왠지 급한 일인 듯해 바로 받았다.

"스님, 남편이 인천의 한 병원에서 암투병중이에요.

한 달 전 의식이 맑았을 때 나에게 한 마지막 말이

미황사에 내려가 금강 스님과 차 한 잔 나누고 싶다는 거였습니다.

담당 의사 선생이 임종을 준비하라기에 그 말이 생각나서

전화 드렸습니다. 스님, 남편에게 스님 목소리라도

들려주실 수 없을까요?"

전화기 너머로 산소호흡기에 의지한 숨소리가 들려왔다.

거친 숨소리를 들으며 나는 마지막 마음가짐에 대한 이야기와

이산혜연 선사의 발원문을 들려주었다. 그러고는 오래도록,

그분의 가족과 함께 나무아미타불 정근을 했다.

차츰 창밖이 훤하게 밝아왔다.

# 누군가에게 한 바가지
## 마중물이 되어주기를

安 禪

매월 진행하는 8일 동안의 참선집중수행 '참사람의 향기'를 마치고 하산하는 사람들에게 당부하는 이야기가 있다.

"지금부터 여러분은 삶의 수행자입니다. 수행은 산중 스님들보다 세상 속에 살고 있는 여러분에게 더 필요합니다. 출가자인 나의 역할은 여러분의 수행 길에 마중물이 되는 것입니다. 깊은 곳의 물을 끌어올리기 위해 펌프질할 때 들이붓는 한 바가지 마중물처럼 여러분의 수행 길에 안내자가 되고 싶습니다. 살다가 힘들면 언제든 미황사로 오십시오. 그리하여 지친 몸과 마음을 쉬고, 다시 세상 속에서 지혜롭고 자유롭고 행복하게 살아갈 힘을 얻으면 좋겠습니다. 잘못된 사고에 빠져 허우적거릴 때도 바른 길을 찾을 수 있도록 돕는 것 또한 내가 할 일입니다. 여러분이 늘 좋은 삶을 살겠다고 다짐하고 발심(發心, 깨달음을 구하려는 마음)할 수 있도록 도울 것입니다. 삶이 힘들면 언제든 땅끝마을로 오십시오. 기다리겠습니다."

짧은 기간이지만 수행하겠다는 마음을 내어 땅끝까지 찾아온 것만으로도 귀한 발심이기에 온 정성을 다해 그들을 만나야 하는 게 나의 임무이다. 또한 나와 그들 모두 행복한 기회이기도 하다. 나를 찾아온 이들이 '수행을 하니까 이런 대접을 받는구나.' 하는 생각이 들도록 나는 만반의 준비를 한다. 음식은 자극적이지 않게 만들고, 끼니마다 다른 반찬을 올리도록 신경 쓴다. 방은 깨끗한지 몇 번씩 들여다보고, 이부자리도 까슬까슬하게 빨아둔다. 참선 방석도 빳빳하게 풀을 먹여 앉으면 금세 기분이 상쾌하도록 준비를 한다. 그들이 잊고 살다가 인생의 마지막에 '아! 내가 가장 진실한 모습으로 행복했던 순간이 미황사에서 참선하던 때였지.' 하고 생각한다면 수행 도량을 지켜온 나의 삶도 성공한 것은 아닐는지 생각해본다.

지금 거기에서 멈춤,
그리고 앉으라

중국 송나라 때 종색 선사는 "선정禪定을 닦는 수행은 누구에게
나 가장 절실하고 중요한 일이다. 마음을 차분히 가라앉히고 조
용히 좌선하여 사유하지 않는다면, 자신의 일상생활에서 매사에
지금, 여기의 자기 자신을 상실하여 정신없이 멍청하게 살게 된
다."고 경고하고 있다.

　　지금 우리의 모습은 어떠한가. 자기 인생이 어디로 가는지
도 모른 채 남들보다 조금 더 빨리 가려고 앞만 보고 달려가고 있
지 않는가. 이 모습은 마치 우화 속에 나오는 동물들과 다를 바 없
다. 토끼가 나무 밑에서 낮잠을 자다가 하늘이 무너지고 땅이 꺼

지는 꿈을 꾸었다. 마침 도토리 하나가 토끼의 귓불을 때리며 떨어졌는데 착각을 하고 벌떡 일어나 뛰기 시작했다. 토끼의 뜀박질에 놀란 여우가 뒤이어 뛰고 사슴, 꿩, 코끼리, 다람쥐 등 숲속 동물들이 영문도 모른 채 그들을 따라 뛰었다. 그들을 기다리는 끝은 위험천만한 낭떠러지였다.

학교 동창들, 같은 나이 또래, 형제들, 주위 사람들과 자신을 비교하고, 핸드폰, 자동차, 가방, 옷, TV, 카메라, 집 등 가지고 있는 물건들도 신제품과 끊임없이 비교한다. 정작 자신의 삶은 진지하게 돌아보지 않으면서 비교하고 취하고 버리는 삶을 되풀이한다. 무한경쟁 사회에서 무가치한 뜀박질을 계속하고 있는 것이다. 멈춤, 지금 우리에게 필요한 덕목이다.

물속에 떨어진 구슬을 찾으려면 먼저 물결을 가라앉혀야 한다. 물결이 일렁이면 구슬을 찾기가 어렵다는 《좌선의坐禪儀》의 가르침처럼, 좌선 수행을 통해서 물이 깨끗하고 맑아지면 마음이라는 구슬은 저절로 나타나게 된다. 《원각경圓覺經》에도 '걸림 없는 지혜는 모두 선정으로부터 생기는 것'이라고 쓰여 있다.

나만의
미황사를 만들어라


畢　竟　無　佛　及　衆　生


새벽예불 때 항상 암송하는 스님들의 발원문을 행선축원行禪祝願
이라 한다. 내용 가운데 힘주어 생각하는 대목이 있다.


　　나의 이름을 듣는 이는

　　삼악도(지옥, 아귀, 축생으로 태어나는 것)를 면하고

　　나의 모습을 보는 이는 해탈을 얻게 하소서.

　　이와 같이 중생을 교화하기를

　　오랜 세월이 지나도록 하여

　　결국 부처도 중생도 없는 세계가 이루어지게 하소서.

聞我名者免三途
見我形者得解脫
如是教化恒沙劫
畢竟無佛及衆生

나는 이 구절을 내가 살고 있는 절에 대입시킨다. 바쁘고 힘들고 지칠 때 TV나 라디오, 신문, 인터넷에서 미황사라는 이름을 듣거나 보기만 해도 힘과 용기와 위안을 얻을 수 있으면 좋겠다고. 누군가에게 든든한 마음의 고향이 되어 주는 절을 만드는 일은 나에게 큰 숙제이다. 처음 주지 임명장을 받고 나서 그 무게감 때문에 몇날 며칠 잠을 설쳤다. 1,200년 역사를 가진 사찰의 주지 소임이었기에 고민이 깊었다. 자칫 실수하여 긴 장강의 역사를 써온 미황사의 궤적에 누를 범하지 않을까 노심초사했다.

좋아하는 절은 들어설 때부터 평화롭고 행복한 느낌이 들고, 극락세계에 들어 온 것처럼 근심 걱정이 사라지는 곳이다. 내가 꿈꾸는 이상적인 절은 모든 이에게 그런 느낌으로 다가가는 곳이다. 그러니 돌 하나, 나무 한 그루 허투루 놓거나 심을 수 없다. 천 년이 넘는 호흡으로 오늘을 살고 있는 미황사. 이곳에 사는 대중들의 신실한 말과 행동과 마음이 얹어졌을 때 미황사는 비로소 그 가치가 살아 움직인다. 그래서 이 가람을 외호하며 사는 일은 예나 지금이나 조심스럽다. 농담 삼아 외국 어디에 미황사 같은 절이 있다면 나도 한 달 쯤 머물다 오고 싶다고 말한다.

내가 절을 가꾸듯 사람들도 자신의 공간을 좋은 수행처로 가꾸면 좋겠다. 집이 수행처라면 수행대중은 물론 그의 식구들일 터이다. 회사에 가면 그곳이 수행 도량이 되고 직장 동료들이 수행대중이 된다. 내가 머무는 곳을 수행처로 만드는 것. 자신의 공간을 수행의 처소로 만들기 위해서는 날마다 꾸준한 노력이 필요하다. 울력 시간을 만들어 집 안팎을 청소하고, 물건들은 항상 단정하고 단순하게 정리한다. 번뇌를 버리듯, 쓸모없는 물건은 쓸모 있는 사람에게 과감하게 나누어 준다.

깨끗하고 단정한 공간에 맑은 기운이 깃든다. 그곳은 평화롭고 안락한 법당이자 선방이 된다. 이곳에서 우리는 단정한 옷을 입고 정중하고 부드러운 말을 쓴다. 안으로는 지혜롭고 밖으로는 자비롭게 마음을 쓴다. 혼자 있을 때도 많은 대중과 함께하듯 절도와 단정함을 잃지 않는다. 이처럼 자신만의 수행 처소를 정갈하게 만들어 간다면 내 이름은 타인에게 기쁨의 이름이 된다.

누구나, 자신이 머무는 공간을 여여(如如, 모든 괴로움과 욕심이 사라진 편안한 상태)한 수행 도량으로 만들어야 한다.

발
심

꽃이
보이지
않아도
그대
마음밭은
이미
꽃밭입니다.

향은 불에 타고 차는 끓는 물에서 우러나옵니다.

바다 한가운데에서 통나무를
붙들고 있는 간절한 마음

여름에는 참선 수행 프로그램을 대웅전 맞은편
누각인 자하루에서 진행한다.
동쪽으로 문을 열면 달마산의 아름다운 바위
봉우리들과 부드러운 나무숲이 한눈에 들어온다.
그리고 그 속에 세월의 더께를 얹은 고색창연한
대웅전이 자리하고 있다. 서쪽으로는 멀리 진도의
첨찰산 봉우리와 호수같이 잔잔한 바다,
그리고 양지바른 곳에 옹기종기 모여 앉은 평화로운
사람들의 집이 있다.
새벽부터 좌복에 앉아 있으면 동이 터오를 무렵에는
새들이 노래하기 시작하고, 마을에서는 농촌의 일상을
알리는 마을 이장의 안내방송이 들려온다.
그럴 때면 참선 중인 자하루가 부처님의 세계와
중생계의 중간 어디쯤 위치한 듯한 착각이 일어난다.

밥값
했는가


托　鉢


7박 8일의 일정 가운데 닷새가 지날 즈음이면 참가자들은 산중
생활에 익숙해진다. 새벽에 일어나 예불하고, 밥 먹고 울력하는
일이 즐겁다. 좌복에 앉아 좌선하는 몸도 가볍다. 이리저리 꺼들
려 버겁고 힘들던 마음도 한결 편안해진다.

　　그러나 익숙해지는 일이 좋은 것만은 아니다. 수행하는 사
람들에게는 가장 경계해야 할 일이다. 더군다나 짧은 기간 동안
수행을 하고 일상으로 돌아가는 이들에게는 그 시간이 휴식이기
도 하지만 귀한 수행의 시간이기도 하다. 수행의 안내자인 나는
그들이 일상으로 돌아가 지속적인 수행을 할 수 있는 힘을 길러

줘야 한다. 이즈음이면 익숙한 것들이 경계임을 일러주기 위해 이야기 하나를 들려주곤 한다.

옛 스님들은 후학들에게 밥값은 하고 살아야 한다고 말씀하셨다. 세간의 사람들은 저마다 생산 활동을 하며 살기 때문에 밥을 먹을 때 뿌듯하고 즐겁게 먹을 수 있지만, 산중에서 신도들의 시주를 받으며 편안하게 수행에만 전념하는 수행자들은 밥값의 무게가 실로 크다. 직접 경험하지는 않았지만, 선배스님들의 말을 빌면 선방에서 한 철 공부하려면 석 달 동안 지낼 양식을 직접 탁발해 와야 했단다. 그래서 선방의 공양간에는 수좌들의 인원수만큼 작은 항아리를 두고, 공양주는 매일 아침마다 각 항아리에서 세 홉씩 모아 공양을 지었다고 한다.

세간에 나가 탁발하는 일은 쉽지 않다. 수행자가 밥을 구하기 위해서는 불법佛法을 주어야 한다. 소소한 일상의 상담부터 삶을 아우르는 깊은 지혜까지 상대가 원하는 걸 주어야 밥을 얻을 수 있었다. 이를 통해 공양 시간마다 자신의 탁발이 도리에 어긋나지는 않았는지 되돌아보며 수행을 향한 대분심(大憤心, 나도 하면 된다는 마음)을 일으키는 기회로 삼았다고 한다. 밥알 한 알 씹을 때마다 그 또한 수행이 될 수밖에 없었던 것이다. 시대와 장소는 바뀌었어도 부처님의 탁발 정신은 그대로 이어가야 한다.《금강경》에는 부처님의 탁발에 대해 자세히 기록하고 있다.

그때 세존께서 식사하실 때가 되었으므로

가사를 입고 발우를 챙기어

사위성 안으로 들어가 차례로 밥을 빌었다.

그리고 본래 자리로 돌아와 공양을 드시고

가사와 발우를 거둔 뒤 발을 씻고 자리를 펴고 앉으셨다.


이 구절을 두고 박노해 시인은 〈구도자의 밥〉이라는 시를 썼다.


그가 밥을 구하러 가네

빈 그릇 하나 들고

한 집

두 집

세 집

밥을 얻으러 가네


일곱 집을 돌아도

밥그릇이 절반도 차지 않을 때

그 사람

여덟 번째 집에 가지 않고

발걸음을 돌리네

일곱 집이나 돌았어도

음식이 부족하다면

그만큼 인민들이 먹고살기 어렵기에


그 사람

더 이상 밥을 비는 일을 멈추고

나무 아래 홀로 앉아 반 그릇 밥을 꼭꼭

눈물로 씹으며 인민의 배고픔을 느끼네

_〈구도자의 밥〉, 전문


익숙함을 뛰어넘어 간절한 마음을 일으키기 위해서는 탁발의 정
신인 밥의 무게감을 느끼는 것이 그 첫째다.

우리가 존재하는 것은
지금 이 순간뿐

惺　惺

익숙함에서 벗어나는 또 한 가지 법은 나의 단점을 바라보는 것
이다. 많은 사람들과 함께 지낼 때 자신의 단점이 명확하게 드러
난다. 그 단점을 잘 살피면 공부의 진전이 있게 마련이다.

　　선방에서 대중들과 살 때의 일이다. 고백하면, 나는 대중을
차별하는 마음을 가지고 있었다. 겉으로는 누구에게나 친절한 듯
보이지만 마음속으로는 부러움과 무시, 두 마음으로 대할 때가
많았다. 나의 단점이었다.

　　당시 내게는 세 명의 부러운 스님이 있었다. 25년 동안 오로
지 선원에만 다닌 스님, 선학박사 학위를 받고 선방에 온 스님, 많

은 경전과 조사어록을 기억하고 입만 열면 법문을 하는 스님이었다. 내가 가지지 못하는 것에 대한 부러움이 질투심을 일으켰다. 그런데 한 철 함께 지내는 동안, 어느 날 문득 옆에서 묵묵히 정진하는 스님들의 마음이 오롯이 느껴지고, 고마움이 밀려왔다. 한 분, 한 분 돌아보다가 내가 가진 분별의 마음이 떨어지기 시작했다. 뜻밖에도 눈물이 흘러내렸다. 부러운 마음도 결국 내가 일으킨 잘못된 상임을 자각하게 됐다. 다시는 속지 않고 살 수 있겠다는 생각이 들었다.

나는 소나무가 많은 산을 좋아한다. 심지어는 포행을 가서 쉴 때도 무심코 소나무 밑에 앉고는 한다. 나무 또한 좋고 나쁨의 마음으로 대했던 것이다. 그러다 어느 순간부터 소나무를 만나도, 동백나무를 만나도, 후박나무를 만나도, 단풍나무를 만나도, 비자나무를 만나도 좋고 기뻤다. 차별하는 마음은 선택한 하나만 좋아하고 나머지는 싫어하는 것으로 만들어버리는 잘못을 범하게 한다. 차별의 마음은 그 뿌리가 깊어 쉽게 내려놓아지지 않는다. 순간순간 정진의 마음을 간절하게 일으켜야 사라지는 것이다.

오늘 아침에도 공부하는 이들을 앞에 두고 발심이 되는 한마디를 건넸다.

"우리가 사람으로 태어난 것은 우리가 간절히 원했기 때문입니다. 간절히 원해 사람으로 태어난 우리가 이제 겨우 수행의 시간을 얻었습니다. 좌복에 앉을 때마다 다짐하십시오. 이러한 기회가 언제 다시 오겠는가! 절대 졸음에 빠지지 않겠다! 그리고 화두를 놓치지 않고 성성惺惺하게 들겠다는 마음을 내십시오. 30분, 40분 앉아 참선하는 것이 아니라 지금 이 순간, 지금 앉을 뿐이라고 생각하십시오!"

우리가 존재하는 것은 지금 이 순간뿐이지 않는가. 짧은 기간 참선 수행을 할 때는 바다 한가운데 통나무를 붙들고 있는데, 그 통나무를 놓치면 빠져죽을 수 있다는 절박한 마음을 가져야 한다. 번뇌와 망상의 바다에서 화두 일념의 통나무를 붙들고 있어야 한다. 오롯한 마음으로 틈새가 없이, 이음매 없이 지속적으로 화두를 붙잡고 가야 한다.

그러는 사이 번뇌는 사라지고 지혜가 싹튼다.

묵
언

마음이 고요에 빠지지 않고,
밖으로 흩어지지 않는 법

몇 해 전 서울의 한 도반스님 숙소에서 하룻밤 묵은
일이 있다. 그런데 밤새도록 잠을 못 이루었다.
숙소가 도로 옆이어서 차 지나가는 소리, 사이렌 소리,
사람들의 말소리, 무슨 기계음이 끊임없이 들려왔다.
창문으로 들어오는 불빛은 대낮처럼 방을 밝힐
정도였다. 뒤척이는 나에게 도반 스님은,
수도승(수도 서울에 사는 스님)은 차가 지나가는 소리를
바람 소리로 들어야 하고, 사람의 말소리는 새들의
노래 소리로 들려야 한다고 했다.
그동안 까맣게 잊고 있던 소리에 하룻밤 꼬박
지새우고 날이 밝아지니 문득 부끄러운 생각이
들었다. 날마다 이보다 더 시끄러운 생산 현장에서
일하는 사람들이 있으니 말이다.

고요한 환경에
집착하지 마라

산사의 여름 오후는 고요하다 못해 적막하다. 인적은 없고 햇살만 가득한 널찍한 마당을 마주하기 어려울 때는 가끔 음악을 듣는다. 적막한 고요함을 깨뜨릴까봐 음악도 조심스럽다. 산중에 어울리는 음악은 피아노 연주다. 낭랑한 선율 사이로 고요함과 새소리, 바람소리도 들려온다. 언제부터인가 고요함을 즐기게 되었다. 그런데 옛 스승인 박산무이 선사는 수행자가 환경의 고요함을 찾는 것을 크게 경계한 바 있다.

　　참선하는 데는 무엇보다 고요한 환경에 집착하지 말아야 한다. 고요한 환경에 빠지게 되면 사람이 생기가 없고 고요한 데 주저앉아 깨치지 못하게 되기 때문이다. 대개 사람들은 시끄러운 환경을 싫어하고 조용한 곳을 좋아하기 마련이다. 수행자가 항상 시끄럽고 번거로운 곳에서 지내다가 한 번 고요한 환경을 만나면 마치 꿀이나 엿을 먹는 것과 같이 탐착하게 된다. 이것이 오래가면 스스로 곤하고 졸음에 취해 잠자기만 좋아하게 되니, 그리 되고서야 어찌 깨치기를 바라겠는가.

참으로 공부하는 사람은 머리를 들어도 하늘을 보지 못하고, 머리를 숙여도 땅을 보지 못하며, 산을 보아도 그것은 산이 아니요, 물을 보아도 그것 역시 물이 아닌 경지에 있어야 한다. 가도 가는 줄 모르고 앉아도 앉은 줄 모르며, 천 사람 만 사람 가운데 있어도 한 사람도 보지 못해야 한다. 몸과 마음이 오로지 화두에 대한 의문뿐이니, 그 의문을 깨뜨리지 않고서는 쉴 수가 없기 때문이다.

요즘은 집에서 개인적으로 참선 수행을 하는 분들이 많은데, 혼자 수행을 하다 보니 나태해지는 듯하다며 절을 찾아온다. 또 수행과는 상관없이 일터에서 많은 사람들과 부대끼고 경쟁에 지쳐서 오기도 한다. 이들은 더 이상 버틸 수 없는 상황에 떠밀려 고요함을 찾아 온 것이다. 여럿이 함께 수행하면 개별 수행의 게으름을 쉽게 극복할 수 있다. 바로 대중의 힘이다. 가령 홀로 공부할 때는 참선 시간을 1시간으로 정하고 시작하더라도, 자꾸 시계를 보게 되고 결국 마음이 느슨해져 스스로 약속한 시간보다 일찍 일어서고 만다. 그러나 여러 사람들과 함께 수행하면 마음을 팽팽하게 다잡을 수 있다.

한편으로, 많은 사람과 함께 있으면 주위 사람들에게 너무 많은 에너지를 소모하기 마련이다. 다른 사람들을 의식하고 그들을 향해 나를 알아달라는 몸짓이 무심결에 나온다. 집중력이 떨어지는 것이다. 이 때문에 묵언黙言 수행이 필요하다.

몸을 쉰다고 마음이
편안해지지 않는다

一 念

7박 8일 참선 수행 기간 동안 나는 참가자들에게 묵언을 권유한
다. 묵언 수행은 단지 말을 하지 않는 것이 아니다. 마음속에 수없
이 떠오르는 질문을 스스로 듣는 기회가 된다. 묵언은 여럿이 함
께 수행을 하는 이익과 홀로 깊어지는 이익을 동시에 만족시키는
좋은 수행의 도구이다.

　　물론 어떤 이들은 마음의 소리를 듣는 시간이 더디게 찾아
오기도 한다. 고요한 자연을 찾아 왔지만 오히려 마음이 고요하
지 못한 이들은 산사의 생활에 너무 큰 기대를 가지고 온 탓이다.
1주일 동안 인적 없는 절에서 잠도 실컷 자고 게으름도 피워야겠

다는 생각으로 왔다가 새벽부터 저녁 늦도록 바쁘게 진행되는 수행 일정에 그만 마음의 문을 닫아버리는 것이다. 그러나 포기하지 않고 묵언 수행으로 하루하루 일정을 따라가면 차츰 마음이 열린다. '86회 참사람의 향기'에 참여했던 어느 분의 소감이다.

"숙소 배정을 받고 낯선 이들과의 동거가 시작됐다. 함께하는 이들의 친절과 미소에도 나는 웃을 수가 없었다. 생명력이 고갈된 지치고 메마른 땅과 같은 나의 마음은 다른 이들의 마음을 받아들이지 못했다. 4일 동안 이곳 일정에 부정적인 마음이 가득한 채 시간에 저항하고 불편해하며 속으로 웅성거리는 소리를 냈다. 5일째 되어서 내 안의 생명력이 돌아왔다. 그냥 웃음이 나오고 마음이 풀어졌다. 6일째 참선 중에 졸음과 다리의 통증이 사라지고 의식은 명료하게 유지됐다. 나의 마음을 차지하고 지배하며 나를 움직이도록 하는 그 무엇에 대해 고요한 의식으로 바라보고자 했다. 이 고요한 마음이 누군가에게 가 닿아 치유의 부드러운 손길이 되기를 기도한다."

고요한 곳에서 몸을 쉰다고 편안해지지는 않는다. 지친 마음과 거부하는 마음, 긴장하는 마음이 쉬어졌을 때 비로소 고요해진다. 부처님 당시 깨달음을 인정 받은 재가 제자인 유마 거사가 하루는 숲에서 좌선하고 있는 사리불을 찾아가 말한다.

"사리불이여, 앉아 있다고 해서 그것을 좌선이라 할 수는 없다. 현실 속에 살면서도 몸과 마음이 움직이지 않는 것을 좌선이라 한다. 생각이 쉬어버린 무심한 경지에 있으면서도 온갖 행위를 할 수 있는 것을 좌선이라 한다. 마음이 고요에 빠지지 않고 또 밖으로 흩어지지 않는 것을 좌선이라 한다. 번뇌를 끊지 않고 열반에 드는 것을 좌선이라 한다. 이와 같이 앉을 수 있다면 이는 부처님이 인정하는 좌선일 것이다."

고요한 마음은 어디에나 있고
어디에서나 깨달음은 나타난다


定　慧


10여 년 전 선운사에 모셔진 백파 선사의 비문을 탁본한 일이 있
다. 백파 선사의 정식 비문의 이름은 '화엄종주백파대율사 대기대
용지비華嚴宗主白坡大律師 大機大用之碑', 추사 김정희가 짓고 썼다.

　　백파 선사는 당대 최고의 선사로 조사선 입장에서 '〈선문수
경禪門手鏡〉'이라는 글을 썼는데, 젊은 초의 선사가 '선문사변만
어禪門四辨漫語'라는 글로 이를 반박했다. 백파 선사에게서 답이
오지 않자, 이번에는 초의 선사의 지기인 추사가 '망증십오조妄證
十五條', 백파 선사가 15가지 망발을 했다는 편지를 보냈다. 추사
의 젊은 패기와 치기가 다분히 섞인 내용이었다.

훗날 추사가 존경과 추모의 마음을 가득 담아 백파의 비문을 짓고 적으니, 추사가 만년에 제주도 귀양살이를 겪으며 수행이 깊어지고 추사체가 완성된 뒤였다.

그런데 탁본을 하면서 백파의 평생 화두이기도 했던 '대기대용大機大用', '깨달은 사람만이 누리고 활용한다'는 그 경지는 어떤 것인지에 대한 궁금증이 일었다. 오랫동안 감감하던 의문은 어느 날 《육조단경》의 〈정혜품定慧品〉을 보다가 문득 풀렸다.

《육조단경》에서는 정定과 혜慧가 한 몸이라고 이야기하고 있다. 가만히 '정'에 있을 때는 그 안에 '혜'가 깃들어 있고, 그 선정의 마음이 대상과 경계를 만나게 되면 지혜가 작용한다. 그 지혜가 작용하는 속에 앉아 있을 때 선정의 마음이 그대로 간직되어 있다는 말이다. 이런 마음이라면 앉아 있을 때에는 고요하지만, 움직이면 지혜가 작용하고, 자비가 실천되어지는 것이다. 이러한 사람의 움직임은 대기대용이 되는데, 다른 말로 활발발活潑潑 자유자재自由自在이다.

옛 선사들은 한결같이 수행의 결론은 고요한 마음에 간직된 대자비심을 일으켜 더불어 함께 나누는 삶에서 완성된다고 했다. 그래서 무엇을 위해 선 수행을 하는지에 대한 마음가짐이 중요하다. 스님들이 가장 애송하는 종색 선사의 《좌선의》에는 좌선하기 전 다섯 가지 중요한 마음가짐을 이야기하고 있다. 대비심을 일으켜, 큰 서원을 세우고, 정교하게 삼매를 닦으며, 중생을 제도하되, 홀로 자기 한 몸만을 위해 해탈을 구해서는 안 된다는 뜻이다.

마음이 지극히 고요하고 아무 번뇌가 없을 때 그 마음이 열려 광대해진다. 그것이 자신의 본래 상태를 드러낼 수 있는데 그것이 큰 지혜의 상태이다. 마음이 지혜로 충만해졌을 때 비로소 이것을 깨달음이라 부를 수 있다.

고요함을 이루려는 집착에서 벗어날 때 비로소 고요한 마음은 어디에서든 있고, 어디에서든 깨달음 속의 자비는 나타난다.

새벽 4시. 도량석 소리에 깨어 방문을 여니 달마산 너머로 보이는 별이 크고도 밝습니다. 새벽예불이 끝나면 아침 6시까지 대웅전에서 좌선을 합니다. 이 자리에서 부처님 모시고 예불한 시간이 1,200년입니다. 셀 수 없는 수많은 수행자들의 맑고 곧은 기운이 가득한 곳이지요. 그래서 매일 새벽, 선방보다 대웅전에서 좌선하기를 고집하는데 함께 하는 대중 스님들 중엔 더러 불만이 있나 봅니다. 너무 춥기 때문입니다. 하지만 나는 잠자코 있습니다. '세상에 이보다 좋은 자리가 또 있을까? 또 오늘 이 순간이 아니면 언제 또 이 자리에 앉아 볼 수 있을까.' 그런 마음 때문입니다. 그날은 좌선을 마치고 잠시 몸 좀 녹여야겠다 싶어서 누웠더니 깜박 8시가 되었습니다. 아침공양도 울력도 그냥 지나쳤지요. 어제 해맞이 행사와 초하루 법회를 치르느라 채 4시간도 자지 못해 깜박 잠이 들었나 봅니다. 사시 불공을 하러 다시 대웅전으로 갔습니다. 석가모니불 정근을 하며 108배를 올렸습니다. 그러고 나서 3년 안거 수행결사 참여대중, 괘불단 인등 공양자, 백일기도하는 사람들의 이름을 차례차례 읽어 내리며, 그들이 올린 기도마다 축원을 올렸습니다.

오후에는 템플스테이 하러 온 이들과 차담을 하고 미뤄둔 일을 마저 하며 보냈습니다. 해가 금방 기울었습니다. 마당으로 나서자 사방이 고즈넉합니다. 어제 그 많던 사람들은 다 어디로 가고 도량엔 황금빛 노을만이 가득합니다. 지붕과 기둥 탑, 굴러다니는 돌멩이까지 온통 황금빛으로 물들었습니다. 마침 새해맞이 템플스테이 하러 온 초등 6학년 하연이와 엄마가 지나갑니다. 설핏 모녀의 눈에 깃든 평화로움을 본 것도 같습니다.

오늘 하루, 새벽부터 지금 이 순간까지 해야 할 일을 하고, 남을 위해 기도하고, 천천히 걷고, 가만히 있으니 평화롭기 그지없습니다.

# #2 청소부 스님

100년 남짓 주인 없어 기둥이 썩고 지붕이 내려앉은 미황사. 27년 전 이곳에 한 스님이 찾아들었습니다. 현공 스님입니다. 스님은 걸망을 내려놓자마자 빈 쌀 포대와 집게를 챙겨 들고 도량 곳곳 널려 있는 쓰레기를 줍고 무성한 잡풀을 베어냈습니다. 그렇게 석 달 동안 쉬지 않고 40여 포대의 쓰레기를 치웠습니다. 마을 사람들이 미황사에 청소부 스님이 찾아 왔다고 수군댔습니다.

묵은 쓰레기를 다 치우고 난 뒤 스님의 손에는 줄자 하나가 쥐어져 있었습니다. 대웅보전의 기둥이며 응진당의 서까래, 심지어 마루판까지 스님은 재고 또 쟀습니다. 그렇게 기듭 숙고한 뒤 스님은 전체 도량을 다시 그리기 시작했습니다. 스님은 무엇 하나 허투루 하지 않았습니다. 돌멩이 하나 옮기는 데도 오랜 생각의 흔적이 묻어 있었지요. 스님은 줄자와 사진기를 들고 전국의 유명한 절과 옛집들을 돌며 살펴보고 자료를 모았습니다. 그 지방의 강수량을 따져 기둥의 높이, 처마의 길이와 비교할 만큼 치밀했습니다.

잡초로 뒤덮여 햇볕 한 자락 들지 않은, 사람의 발길이 닿지 않는 버려진 절이었던 미황사는 땅끝마을 아름다운 절로 다시 태어났습니다. 1692년 금빛 옷을 입은 인도의 국왕이 검은 소 등에 불상과 경전을 싣고 가다가 소가 한 번 크게 울고 멈춘 곳에 세운 절, 아름다운 소의 울음과 황금빛을 뜻하는 미황사는 그렇게 다시 태어났습니다. 인근의 마을 사람뿐만 아니라 전 세계인이 의지하고 사랑하는 절이 되었습니다.

자신이 발 딛고 선 그곳, 마음 내려놓은 그곳을 가장 아름답게 만들려고 애를 썼던 현공 스님의 이야기입니다.

#3  기쁜 마음으로 헤어질 수 있다면

가끔 마을에서 올라온 젊은 신도 분이 법당에서 정성스레 절을 올리고 가곤 했습니다. 늘 기도만 올리고 말없이 내려가는 뒷모습이 왠지 눈에 밟혔습니다. 어느 날 마을에서 전화가 왔습니다. 기도를 하고 간 그분이 었습니다. 그녀는 서럽게 울면서 남편이 암으로 세상을 떠났다고 했습니다. 그 길로 사흘 동안《금강경》을 읽어 주러 바닷가 마을로 내려갔습니다. 마지막 날 비가 많이 내렸습니다. 바람도 많이 불었습니다. 이른 아침 흐느낌 속에 상여가 세찬 빗속을 뚫고 산으로 올라가는 모습을 보면서 되돌아 왔습니다. 참으로 쓸쓸하고 허전했습니다.

사실 우리는 죽었어도 죽은 것이 아닙니다. 단지 눈에 보이는 세상에서 보이지 않는 세상으로 옮겨갔을 뿐이지요. 우리 모두 세상에서 좋은 인연들과 오래도록 행복하게 살다가 기쁜 마음으로 헤어지길 바라봅니다.

# #4  공양주

공양주 없는 날입니다. 핑계는 어머니 수술 때문이라고 하고 갔지요. 간 김에 2달 대구의 친정집에서 쉬고 오겠다고 했습니다. 힘들기도 했을 테지요. 내가 참 무심하기는 무심한 모양입니다. 공양주 보살이 지난 2000년 4월에 왔으니 한 3년 하고도 5개월이 넘었는가 봅니다. 여름과 겨울 12번의 한문학당, 4번의 음악회를 치르고 잦은 단체 손님들의 방문과 수시로 들락거리는 사람들. 내가 사람을 좋아하다 보니 절에는 사람들이 끊이지 않았습니다. 그 뒤치다꺼리가 보통이 아니었을 것입니다. 휴가도 없이 혼자 다 감당해왔으니 탈이 날 만합니다.

그래서 공양주는 잠시 도망을 갔나 봅니다. 이렇게 좋은 절 놔두고 말이지요. 어쩌면 공양주에게는 좋은 절이 못 되나 봅니다. 나도 공양주에게는 좋은 스님 못 되나 봅니다. 아무튼 2달간 쉬고 온다니 믿을 수밖에 도리 없지만, 돌아오기를 손꼽아 기다립니다.

#5　별과 등불

산사의 가을밤이 제법 쌀쌀합니다. 두꺼운 옷을 꺼내 입고 밤 숲길을 걸었습니다. 이번 가을은 비가 많이 내리고 흐린 날이 많아 별빛을 만나기 어려웠습니다. 모처럼 맑은 날의 밤을 기다렸습니다. 나무들은 벌써부터 겨울 준비를 하고 있었습니다. 다음 세대를 위한 열매를 땅에 내어놓고, 애써 봄부터 꺼내어 단단하게 만들었던 나뭇잎들과도 이별을 준비하고 있었습니다. 밝게 빛나는 별빛과 청명함이 깃든 가을밤 숲길의 적요 속으로 걸어 들어가니 참 좋습니다.

마당으로 들어서 하늘을 보는데 숲속에서와는 달리 별빛이 흐립니다. 몇 해 전 숭례문이 화재로 모두 타버린 후 방화 시설을 보완했습니다. 마당 곳곳에 방범등을 켜놓으니 깜깜한 산속 절집이 대낮처럼 환합니다. 일본 호시노무라에서 본 별빛이 가장 아름답다고 노래하던 지인이 미황사의 가을 별빛을 보고는 그보다 훨씬 별들이 많이 보인다며 좋아하던 기억이 떠올라 방범등 불빛이 자꾸 거슬립니다.

좀 걸었습니다. 어느새 숲길로 접어들고, 불빛이라고는 하나도 없는 옛 스님들의 사리탑을 모셔 둔 부도전까지 다다랐습니다. 열반의 적막함 위에 쏟아지는 별빛은 번뇌가 사라진 입멸入滅 속에 드러나 반짝반짝 빛나는 지혜와 같습니다. 어둠이 깊을수록, 날씨가 차가울수록 별은 더 영롱하게 빛나는 법입니다.

사람의 마음도 답답함 속에서 오히려 비약하는 길이 있지 않을까요. 우리는 불빛을 너무 많이 켜놓고 사는지도 모릅니다. 하고 싶은 일도 많고, 해야 할 일도 많습니다. 그렇게 수많은 불을 켜놓으나 기실 그것은 내가 지금 어디에 서 있는지 진정한 내 삶의 의미는 무엇인지 모르고 미망 속에 두서없이 켜놓은 것들은 아닌가 싶습니다.

#6　우리는 만나야 한다

오래전부터 꽃 피는 계절마다 만나는 차 모임이 있습니다. 각자 차와 다과와 간단한 음식을 준비해서 만나는 모임입니다. 매화가 필 무렵이 되면 악양 동매골에 매화차회를 하기 위해 벗들이 모여 듭니다. 퇴계의《매화시첩》을 읊조리고 매화 띄운 차 한 잔을 마십니다. 연꽃이 피면 무안 회산방죽이나 강진 금당연못의 연꽃과 함께 연꽃을 노래하고 차를 마십니다. 산국이 피면 땅끝마을로, 눈꽃이 피면 봉화 청량사로 모입니다. 맑은 차 한 잔과 귀담아 들을 지혜의 이야기와 속사정을 살피는 만남은 참 반갑고 기쁘기 한량없습니다. 다산선생도 시 짓는 친구들과 함께 모임을 만들고《죽란시사첩竹欄詩社帖》서문에 이렇게 적었습니다.

"살구꽃이 처음 피면 한 번 모이고, 복숭아꽃이 처음 피면 한 번 모이고, 한여름에 참외가 익으면 한 번 모이고, 초가을 서늘할 때 서지西池에서 연꽃 구경을 위해 한 번 모이고, 국화가 피면 한 번 모이고, 겨울철 큰 눈이 내리면 한 번 모이고, 세모歲暮에 화분에 심은 매화가 피면 한 번 모인다. 아들을 낳은 사람이 있으면 모임을 마련하고, 수령으로 나가는 사람이 있으면 마련하고, 품계가 승진된 사람이 있으면 마련하고, 자제 중에 과거에 급제한 사람이 있으면 마련한다."

동시대 같은 나라 같은 공간에서 태어나는 것은 우연이 아닙니다. 우리가 만나야 할 이유입니다. 꽃 피는 계절이면 주변에 좋은 사람들을 찾아봅시다. 인생은 만남의 연속입니다. 그중에서 귀하게 만나는 만남이야말로 큰 복은 없지요. 부처님께서도 도반은 수행의 전부라고까지 했습니다. 먼 곳에서 멘토를 찾기보다는 가까운 곳에서 다정한 이들을 찾아봅시다. 나를 지혜로 이끌어주는 사람은 문수요, 좋은 행동으로 늘 돕는 이는 보현이라고 하잖습니까.

4

내가 만들어 낸 나라는 상을 떠나라

8월 하순의 산중은 더없이 고요하다.

별빛은 또렷하고 저녁 노을빛은 차분하다.

한여름 많은 일을 쉼 없이 한 덕분인지 일과 사람을

살피는 눈이 그만큼 커졌나 보다. 무얼 봐도 더 깊게

보는 듯 느껴진다. 욕심도 낮아셨다.

올여름 연거푸 네 번의 참선집중수행을 꼬박 20명씩

채워서 진행했다. 체력이 떨어져 몇 번이고

쓰러졌다가 다시 일어나고는 했다.

3년 전 틱낫한 스님이 1주일에 하루는 게으른 날을 만

들어 절도 쉬고, 스님도 쉬어야 한다고

충고해주셨다. 그 말씀이 귓가에 쟁쟁하지만 막상

사람들을 만나면 그리되지 않는다.

멀리에서 온 이를
먼저 맞으라

菩　薩　心

미황사를 찾은 이들, 우리의 만남이 내가 그들에게 무언가 해줄
수 있는 절호의 기회라고 생각하면 어떤 도움을 주어야 할지 마
음이 쓰이고 그렇게 하루가 금세 가버린다. 그들은 아마도 벼르고
별러 이 여름, 간신히 시간을 내어 땅끝마을까지 찾아왔을 터이
다. 그 생각에 이르면 한 사람 한 사람 '무겁게' 만날 수밖에 없다.

　　물론 내 공부의 덕화가 그들을 감동시키는 것은 아니다. 땅
끝마을이라는 지역과 천 년 도량이 주는 덕이 그들의 수행을 돕
는 것이다. 거기에 비단 위에 꽃그림 하나 얹듯이 친절한 말 한마
디와 웃는 얼굴이 평안함을 더해 줄 터이다. 몸이 조금 피곤하면

모른 척하고 쉴까 하다가도 밥 얻어먹으며 이 좋은 곳에 살면서 그것도 못 한대서야 말이 되는가 싶으면 벌떡 일어나게 된다.

석가모니 부처님은 60세가 될 때까지 대중스님들과 똑같이 생활하다가 제자들의 권유로 시봉을 받게 되었다. 대중들이 부처님 시봉 제자로 추천한 아난 존자는, 부처님께 원하지 않는 것 네 가지와 원하는 것 네 가지에 대한 다짐을 받고서야 시봉을 맡겠다고 했다.

그 내용 중에 "멀리에서 부처님을 뵙기 위해 찾아온 이들이 먼저 만나기를 원하면 언제든지 만나주십시오."라는 대목이 있다. 부처님 곁에 있는 이들은 늘 깨달음의 모습을 보고 법문을 들으며 수행할 수 있지만, 먼 곳에서 찾아온 이들은 가까운 사람들에 둘러싸여 있는 부처님을 뵙지 못하고 돌아가곤 했다. 사람들에게 늘 유익함을 주고 싶어 했던 아난 존자의 보살심이 엿보이는 대목이다. 멀리에서 온 분들을 볼 때마다 나는 항상 이 이야기를 마음속에 되새긴다.

나를 없애니
지혜의 마음이 드러난다




無　我


올여름 진행한 참사람의 향기에 같은 직종에서 일하는 비슷한 연배의 세 남자가 약속이라도 한 듯 참가했다. 이들은 서로 인연은 없었지만 비슷한 고민을 하고 있었다. 한 직장을 오래 다니며 노력한 결과 지점장 자리까지 올랐는데, 오히려 이런저런 걱정이 앞서더란다. 열심히 일만 하며 살아왔기에 잠시 쉬고 싶지만 그 사이 다른 사람이 그 자리를 차지하면 어떡하나, 5년만 지나면 퇴직인데 한창 일할 50대 후반에 무엇을 하고 살아야 할까, 어떤 대비책을 세워야 할까, 온통 막막한 생각뿐이라고 했다. 하루하루 걱정만 쌓이고 혼자서 궁리를 하다가 땅끝마을까지 내려온 것이다. 분명 은행지점장은 그동안 원하고 노력해서 이룬 자리이다. 그런데 막상 그 자리에 오른 뒤에는 맡은 소임을 지혜롭게 해낼 것을 고민하기보다 또 다른 걱정이 생겼다. 현재의 시점을 잃어버리니 온통 불안과 걱정에 휩싸인 것이다.

우리가 사람으로 살고 있는 것도 원하고 원해서 사람으로 태어났기 때문이다. 우리가 원하지 않았다면 어떻게 사람으로 태어나겠는가. 여러 어려움은 있지만 그래도 사람의 삶이 제일 좋다. 우리는 현재의 삶이나 자리를 연기적 관계로 보는 관점을 길러야 한다. 연기적 관점은 다른 말로 통찰이라 하고, 통찰은 지혜이고, 이 지혜의 실천이 자비행이고 보살행이다. 자신의 삶을 많은 관계 속에서 찾아야 감사와 행복한 마음이 생기며 지금 이 순간이 귀하다는 것을 알게 된다. 귀하고 귀한 나의 삶을 온전하게 살기 위해서는 연기적 깨달음이 필요하다. 그런데 이런 연기적 관계를 몸으로 체득하기 위해서는 반드시 '나'라는 생각을 뛰어넘거나 내려놓아야 한다.

3년 전 틱낫한 스님을 모시고 제자 40여 명과 함께 서울 국제선센터에 머물렀을 때였다. 이른 아침 강연을 위해 길을 나섰다. 출근길 바삐 움직이는 사람들을 보면서 우리도 버스에 올랐다. 그런데 출발을 앞두고 두 명의 외국인 스님이 보이지 않았다. 차창 밖으로 보니 횡단보도 중간에서 교통사고가 나 두 스님이 뒷수습을 하고 있었다. 캐나다 스님은 승합차에 충돌해 쓰러진 중년남자를 돌보고 있었고 이탈리아 스님은 손짓을 하며 지나가는 차들을 통제했다. 출근길 사람들이 사고 현장을 흘깃흘깃 보면서 걸음을 재촉하는 모습도 보였다.

두 스님은 버스에 오르려는 순간 교통사고를 목격하자마자 현장으로 바로 뛰어갔다. 이럴 때 도와야 하는 것은 당연하다. 하지만 그 순간에 '나'가 작동을 하면 방관자가 된다. 흘깃거리며 횡단보도를 건너는 사람들처럼 말이다. 분명 그들도 돕고 싶은 마음은 있었을 것이다. 다만 아침밥도 굶고 나선 길, 회사에는 할 일이 쌓여 있으니 어서 가야 한다, 거들고 나섰다가 자칫 복잡한 증언과 조사에 시간을 빼앗길지 모른다. 이런 일에 얽히고 싶지 않은 '나'가 작동을 해 그 자리를 지나쳐 가는 행인이 되고 만 것이다.

두 분 스님은 목숨처럼 받드는 스승이 한국이라는 낯선 곳에서 강연을 한다고 하여 도우러 나선 길이었다. 게다가 스승과 도반들이 버스에서 기다리고 있고 말도 통하지 않는 낯선 곳이었으므로, 사고를 목격하는 순간 '나'라는 생각이 작동했다면 방관자가 되었을 것이다. 그러나 '나'라는 생각이 작동하기 전 '지혜의 마음'이 보살행으로 나타나 자연스럽게 사고 현장으로 달려갔던 것이다.

보고 듣고 말하는
'나'를 의심하라




一　片


대만의 성엄 스님은 세계적으로 유명한 선 스승이다. 성엄 스님은 간화선을 지도하기 전에 먼저 자아감을 포착하는 것이 중요하다고 강조하고 있다. 우리의 자아감(sense of self)은 몸, 마음 그리고 외부 환경의 상호작용에서 일어난다. 방법 면에서는 외부환경에서 일어나는 자아감에 초연해지고, 우리의 몸에서 일어나는 자아감에 초연해지고, 마음활동에서 일어나는 감각·느낌·관념·사고는 집착에서 오는 것이므로 그 자아감에 초연해지는 것이다. 이렇게 단계적으로 자아감을 분리하고, 고립시키고, 좁혀 나가는 것이 먼저 이루어져야 화두로 나아갈 수 있다고 한다.

초심자들은 우리의 신체적 감각에서 일어나는 자아감을 포착하면 화두에 들어가기 쉽다고 느끼는 경우가 많다. 예를 들면 앉아 있는 체중을 자각하거나, 콧구멍에 들어가는 숨을 자각하며 즐겁다거나 즐겁지 않다고 느낀다면 그것이 자아감의 한 측면이다. 이런 것들을 '누가' 경험하고 있는가? 대답은 '나'다. '자기가' 하는 것이 자아감이다.

즉 자각하는 그 '누구', 경험하고 있는 그 '누구'를 아는 것이 중요하다. 그 자아감을 포착하고 그것을 유지해서 마음이 딴 곳으로 흐르지 않게 묶어두면 마음이 집중되고, 집중된 마음과 강한 자아감이 없다면 그때 화두를 들어도 된다는 것이다.

우리는 흔히 자기 행동을 바라보고 있는 나를 발견할 때가 있다. 그것이 바로 자아감을 포착하는 단초가 되어준다. 그 지점에서 더 나아가 바라보고 있는 나를 확연히 알아가는 의심을 품을 때 공부의 길로 나아갈 수 있다.

자신이 화두를 들면서도 화두를 드는 나를 보고 있다면 아직은 자아감에서 벗어나지 못한 단계이다.《육조단경》에서 신수의 게송처럼 거울과 거울을 닦는 나가 있다면 홍인 대사의 표현처럼 아직 문 밖에 있는 것이다.

"일체의 번뇌 망념이 없어지고 자연히 나와 경계도 없어져 하나(一片)가 된다."

종색 선사의 표현처럼 화두 의심으로 한 덩어리가 될 때 비로소 의단疑團이 독로(獨露, 홀로 드러남)해지고 안과 밖이 밝아지는 지혜가 열리게 된다.

선 수행의 목적은 자기 자신을 알기 위함이다. 자신이 만들어놓은 '나'라는 상을 떠날 때 비로소 진정한 나를 만나고, 지혜의 길이 열리고, 활발발 대자유인의 보살행이 나온다는 옛 스님들의 말씀을 새긴다.

자
비

세상을 이루는 단 하나의 법

5년 전, 서울 국립중앙박물관에서

'고려불화대전-700년 만의 해후' 전시를 관람했다.

그중에 한 번도 공개된 적이 없는, 속칭 물방울

관세음보살이라는 일본 센소지(천초사淺草寺)의

소장품인 고려불화 '수월관음도'가 단연 화제를

모았다. 여기에는 전시를 결정하기까지

감동적인 사연이 숨어 있었다.

센소지 쪽에서 처음에는 출품을 거부했다가

그림의 존재 여부만이라도 확인시켜 달라는

국립중앙박물관의 요청에 응했는데, 불화를 꺼내

왔을 때 국립중앙박물관장과 학예사가 그림을

향해 큰절을 올리는 모습을 보고 크게 감복하여

전시회에 참여하기로 했다는 것이다.

고난에 처한 중생들의 모든 부름을 외면하지 않는

관음보살의 자비로운 모습에 실로 지극한 감동이

밀려왔기 때문이 아닐까.

수월관음도는 하나의 경전과 다를 바 없다.

달 그림자가
천 개의 강에 비추다

水　月

고려시대 나옹 화상의 시 가운데 '천 개의 강에 천 개의 달이 뜬다
千江有水千江月'는 구절이 있다. 하늘에 달은 하나이지만 천 개의
강물에 천 개의 달이 뜬다는 말이다. 이와 뜻을 같이하는 노래가
바로 세종대왕이 석가모니 일대기를 시 형식으로 읊은《월인천
강지곡月印千江之曲》이다. 달 그림자가 천 개의 강에 비춘다는 뜻
으로 '부처님이 백억 세계에 모습을 드러내 교화를 베푸는 것이
마치 달이 천 개의 강에 비치는 것과 같다.'는 의미이다. 석가모니
의 일대기를 한글로 창작해 그 가르침을 백성들에게 쉽게 전하려
한 세종의 애틋한 마음이 담겨 있는 책이기도 하다.

《삼국유사三國遺事》에는 경주 한기리에 사는 희명이라는 여인의 이야기가 나온다. 그녀의 아들이 다섯 살 때 갑자기 눈이 멀었는데 분황사에 있는 천수관음의 벽화 앞에서 아이에게 노래를 지어 부르게 했더니 아이의 눈이 밝아졌다는 것이다.

무릎을 세우고
두 손 모아
천수관음 앞에 비옵나이다.
천의 손, 천의 눈
하나를 내어 하나를 덜기를
둘 다 없는 이 몸이오니
하나만이라도 주시옵소서.
아아! 나에게 주시오면
그 자비
얼마나 클 것인가.
＿〈도천수관음가禱千手觀音歌〉

관세음보살의 큰 자비의 마음을 밤하늘의 달이나 천 개의 손과 눈으로 표현한 것은 적절하고도 아름답다. 다른 동물에 비해 인간은 직립을 하고 두 손을 사용할 수 있어서 식識이 발달하고, 많은 역사를 만들어낼 수 있었다. 그래도 중생계는 차별이 있고, 고통이 있고, 한계가 있다. 천 개의 손과, 천 개의 눈이 있다면 통찰의 지혜와 자유자재한 능력으로 무엇이든 살피고 이루지 못할 것이 없을 것이다.

그 천 개의 손과 천 개의 눈은 무엇인가. 바로 자비이다.

스스로를 돌보는 마음에
의지하며 살라


觀 世 音 菩 薩


미황사엔 오늘도 여러분이 찾아왔다. 수행에 관심 있는 프랑스에서 온 남매, 알츠하이머를 앓고 있는 아버지를 걱정하는 조선족 여인과 친구들, 남편을 잃은 지 1년이 지나서도 죄인처럼 살고 있는 육십 중반의 여인. 사나흘 머물면서 털어놓는 그들의 고민 앞에 나도 관세음보살처럼 여러 개의 손이 되어야 함을 느낀다. 처처의 필요한 곳에 맞춤한 쓰임새로 쓰여야 하는 것이다.

　　절집에 함께 살고 있는 대중들의 손이 나의 손이 되기도 한다. 사무실에서 전화를 받는 직원의 세심하고 부드러운 손길이 곧 나의 손이 되고, 객실의 방을 닦고 이불 빨래를 하는 침모의 손이 나의 손이 된다. 나물을 다듬고 맛있는 반찬을 만드는 공양주의 손이 나의 손이 되고, 깜빡이는 전등을 고치는 관리 처사의 손이 나의 손이 된다. 또 며칠 절에 머물러 고민을 해결하고 가벼운 발걸음으로 산을 내려가는 사람들의 손이 세상 밖으로 내려가는 나의 손이 되고, 8일 동안의 참선 수행을 마친 뒤 '대장부'의 마음을 안고 집으로 가는 사람들이 나의 손이 된다. 물론 나 또한 다른 이의 손이기도 하다.

어려서는 나의 아픔과 답답함을 어머니의 손이 다독거려 주었다. 그러나 어른이 되어서는 나를 다독거려주고 받아줄 따뜻한 손은 없다. 자신의 본래 성품에 '잘하고자 하는 마음'과 '돕고자 하는 마음'이 있으니 그것에 의지하여 살아야 한다. 그것은 다름 아닌 자비심이다. 그 자비심이 바로 관세음보살이다. 관세음보살을 입으로 부르며, 자신이 가진 자비심을 일으켜 자신을 다독거리는 것이야말로, 무엇보다 믿을 수 있는 손이다.

세상에도 자비심이 가득하다. 밝은 햇살, 생명을 기르는 땅, 맑은 바람, 내리는 비……, 모두 생명을 살리고 세우는 덕德이고, 자비심이고, 관세음보살이다. 관세음보살을 입으로 마음으로 부른다면 세상의 자비심이 나를 도울 것이다.

선 수행의 끝은
자비행이다

一 切 種 智

"우리가 사람으로 태어났을 때 비로소 일체종지(一切種智, 모든 현
상의 전체와 낱낱을 아는 부처의 지혜)를 이룰 수 있는 절호의 기회다. 일
체종지의 지혜는 자비를 바탕으로 생긴다. 일체종지의 뿌리는 오
직 자비심이니 처음부터 이 수행을 익혀야 한다. 보살은 많은 수
행법을 익히지 않는다. 하나의 법을 잘 지니고 완벽하게 익힌다
면 그는 부처님의 모든 법을 손에 넣고 있는 것이다. 하나의 법이
무엇인가 묻는다면 그것은 바로 대자비이다."

자비심을 얻기 위해서는 세 가지 수행법이 있다고《수행차
제론》에서 밝히고 있다. 첫째는 누구나 행복을 원하고 불행을 원

하지 않는다는 평등심을 갖는 것이다. 둘째, 모든 중생이 괴로움의 고통에서 벗어나기를 바라는 것을 아는 것이다. 셋째, 어머니의 마음으로 자애심을 갖고 '모든 중생은 내 친구'라는 생각을 일으키는 것이다. 이런 수행은 집착과 분노를 버리고, 아무런 감정 없는 사람을 대상으로 시작하여 사랑하는 사람에 대해, 또 미워하는 적을 대상으로 점차 수행을 넓혀간다.

자비심은 수행의 시작이자 결과이다. 수행을 시작할 때는 반드시 대비심을 일으킬 것을 서원하고 시작해야 그에 따르는 선근善根들이 돕는다. 수행을 통해 삼매三昧의 선정禪定을 성취하고, 선정의 마음이 대상을 만나 연기적 통찰의 지혜를 얻는다. 이 선정과 지혜가 담겨져 있는 실천이야말로 도道이고, 자비행이다.

한국의 전통적 수행을 하려 한다면 화두 들고 참선하는 간화선을 해야 한다. 간화선의 목적은 사홍서원四弘誓願에 있다. 번뇌를 끊고, 진리를 배우고, 자비행을 하여 중생을 제도하겠다는 서원은 곧 보살행이다. 보살행은 나와 남을 구별하지 않고 모든 사람을 나와 같이 돌보는 자비심에서 나온다. 따라서 선 수행의 목적이 선정, 고요에 있다고 착각해서는 안 된다. 선정과 지혜와 보살행은 한 꾸러미로 연결되어 있다. 진정한 지혜가 있으면 곧 진정한 자비가 있다. 남는 것은 머묾 없는 관세음보살의 보살행을 실천하는 것이다.

비
움

텅 비우니 만물이 있는 그대로 비치다

작은 등불 받아 들어 어둠 밝히오니
부처님의 공덕바다 다함 없으며,
큰 광명 시방세계 널리 비추시니
중생들의 소원 따라 채워주십니다.
조그마한 등불 하나 밝혀
제가 지은 어둠을 소멸하고자 하니
믿음의 등, 마음의 등으로 받아
저와 저의 가족, 이웃들과 함께
언제나 꺼지지 않는
영원한 빛으로 남게 하소서

낙엽이 다 지고 난 후에는
어찌합니까

體 露 金 風

가을이 깊어간다. 산중의 새벽은 코끝이 시리다. 얇은 수건을 돌돌 말아서 목에 두르고, 털모자를 머리에 쓴다. 어느 사이 고무신도 털신으로 바뀌었다. 한 번씩 새벽녘 불어오는 바람에 몸을 움츠린다. 어스름히 보이는 나무는 벌써 푸른 잎들을 떨어뜨리고는 가지마다 붉은 감을 등불처럼 밝히고 말쑥하게 서 있다.

한 스님이 "낙엽이 다 지고난 후에는 어찌합니까?" 하고 물으니 운문 선사가 "체로금풍(體露金風, 잎이 떨어지니 나무 본래의 모습이 드러나다)"이라고 답했다. 가을을 묻는 이들에게 오래도록 큰 가르침을 주는 선문답이다.

산들산들 불어오는 봄바람에 새싹을 틔워낸 나무들이, 푸르고 빽빽하게 하늘을 가리던 여름의 나뭇잎들을 서늘한 가을바람에 일제히 놓아버린다. 나도 언젠가는 이 가을의 나무들처럼 놓아야 한다. 나뿐만이 아니라 모든 사람들이 언젠가는 애써 만들어 놓은 것들을 놓고 이별해야 할 때가 있다. 아니 어제를 놓아야 오늘을 살 수 있듯이 누구나 순간순간을 놓고 지금을 사는 것이다. 이렇게 말하고 나면 맞는 말이지만 허망하기 짝이 없다. 그 허망함을 채우고 삶을 값지게 만드는 무언가를 찾아야 한다.

매년 가을이면 마당에 높이 12미터의 크고 오래된 부처님 탱화를 걸고 야단법석을 연다. 하이라이트는 만물 공양 시간. 참석한 대중들이 지난 1년 동안 마음을 모아 농사 지은 것을 올리는 시간이다. 햅쌀, 콩, 호박, 깨, 공예품, 떡 등 무엇이든 가능하다. 이렇게 저마다 거둔 것을 공양하며 발원문을 남긴다.

"미황사 참사람의 향기에서 8일 동안 수행했던 안성에서 배 농사를 짓는 유근식입니다. 비와 햇볕을 받으며 속살을 키우고, 태풍과 천둥을 견뎌 마침내 한 알 한 알 영근 배를 올립니다. 가족 모두 건강하고, 배 농사 잘 짓기를 발원합니다."

"미황사 아래 치소마을에서 파프리카 농사를 짓고 있는 박한영입니다. 올해도 이주노동자들과 함께 파프리카 농사를 잘 지었습니다. 가족을 떠나 먼 이국땅에서 힘들게 일하고 있는 이주노동자들이 행복하고 건강하길 발원하며 파프리카를 올립니다."

"50년의 도시생활을 마치고, 고향 마산면 산막리로 돌아온 조희금, 이개석입니다. 꿈에도 그리던 고향땅에 건강하게 돌아와 좋은 집을 지었습니다. 시골마을 어르신들이 건강하기를 발원하며, 성주한 집 사진을 올립니다."

"해남 고등학교 교사로 있는 문선지입니다. 저는 부처님의 경전을 사경하며 기도를 하고 있습니다. 제가 쓴 사경 3권을 올립니다."

"저는 송종리에 사는 이태성입니다. 송종 앞에 있는 섬 화도에서 할머니가 따서 말리신 톳을 올립니다. 섬에서 외롭게 사시는 할머니가 오래오래 건강하시고, 외할머니 외할아버지도 아프지 말고 오래오래 사셨으면 좋겠습니다."

"전주 '참좋은 우리절'에서 성지순례 온 임재훈입니다. 대학원 졸업논문을 준비하던 중 몸이 너무 아파 포기할까 하던 중 아미타불염불정진을 하면서 1주일 만에 논문을 완성하여 최우수논문으로 뽑히기까지 하였습니다. 부처님의 가피로 여기까지 올 수 있음을 감사드리며 졸업논문을 올립니다."

"절 아래 서정마을에서 무화과 농사를 짓고 있는 이순기입니다. 태풍으로 작은 피해를 봤습니다만, 대체적으로 무난하게 농사를 지었습니다. 작은 일로 반목하고 있는 우리 마을 사람들이 서로 양보하고 이해하면서 살아가길 바라며 무화과를 올립니다."

　현대인들에게 자신의 삶을 사랑할 귀중한 시간을 만들어주는 법석은 늘 즐겁다. 우리 모두 봄부터 여름, 가을까지 부지런히 일하고 땀을 흘렸다. 매일 매일 온갖 유혹과 비교의 대상들 속에서 자신을 꿋꿋하게 지키기란 얼마나 어려운가. 성실하게 자신의 일을 하면서 타인을 위한 삶을 사는 것이야말로 순간순간 힘을 만들어내고 기쁨을 만들어 내는 것이다. 한 해 동안 자신이 가꾼 삶의 수확물을 부처님 앞에 공양하며 많은 사람들과 공덕을 나누는 자리는 그래서 중요하다.

수행의 열매는
어디에 있는 것일까

眞 空 妙 有

어려서는 꿈도 많았다. 자유롭게 하늘을 나는 새들을 보고는 새가 되고 싶었고, 물속을 자유롭게 다니는 물고기가, 나무를 쉽게 오르내리는 다람쥐가 되고 싶었다. 자연현상인 구름이, 바람이, 햇살이, 비나 무지개가 되고 싶었던 적도 있었다. 병원에 다녀온 뒤에는 의사가 되고 싶었고, 학교에서는 선생님이 되고 싶었다. 버스를 타면 운전사가 되고 싶었고, 선물꾸러미를 가득 안고 돌아온 외항선을 타는 친척을 만났을 때는 선장이 되고 싶었다.

손수건을 가슴에 달고 아버지 손잡고 초등학교 입학식에 가던 때가 기억난다. 키를 맞추어 줄부터 섰다. 맨 뒤에서 자꾸 앞으로 앞으로 밀려 나왔다. 학교 공부보다는 6년 동안 걸어간 길에서 했던 수많은 놀이들이 생각난다. 중학교 친구들과의 즐거운 하이킹, 고등학교 시절의 수많은 시험들, 20대의 사회비판과 30대의 무한 질주, 40대의 안락함들이 떠남의 연속이고 만남의 시작이었다. 나무나 사람이나, 승과 속이나 삶 속에서 이루어지는 것은 별반 다르지 않다. 지나간 과거를 허망하게 붙잡으려 하지 않으면 삶의 순간순간의 열매는 값지다.

이 가을, 수행자의 열매는 어디에 있는 것일까? 그것은 운문 선사의 체로금풍 속에 있다. 가을바람에 낙엽이 다 떨어져 본체가 드러난 것처럼 허망한 욕망과 시기, 질투, 불신 다 떨어지고, 그 속의 미세한 번뇌와 망상도 떨어지고, 유무有無의 분별도 떨어지고, 온갖 군더더기 떨어진 유와 무를 동시에 볼 수 있는 진공묘유眞空妙有의 안목 말이다. 수행자다운 실다운 결실이 이보다 명징할 수 있을까 싶다.

얼마 전 인도의 다람살라를 다녀오고 나서 편안하게 잠을 잘 수가 없었다. 누웠다가도 불쑥 게으름을 피우고 있다는 생각이 들어 벌떡 일어나곤 했다. 티베트불교의 전통은 달라이 라마가 14대째 환생하여 이 땅에 오고 있다는 데 있다. 그토록 오랫동안 수행을 한 달라이 라마 스님이니 비교 대상이 아니다. 그런데 곁에서 모시고 있는 스님에게서 달라이 라마의 일상을 전해 듣고 크게 놀랐다. 스님은 어느 나라에서든 늘 저녁 9시에 취침하고 새벽 2시에 일어나 아침 6시까지 4시간 가량 여든의 노구에도 변함없이 기도와 명상 수행을 한다는 것이다.

그러고 보니 예전에 모시던 서옹 스님도 45세 때 스승인 만암 스님으로부터 전법게를 받고도 완전한 수행을 위해 56세까지 철저히 정진하여 오도(悟道, 도를 깨우침)하였다는 이야기를 들은 바 있다. 그뿐 아니다. 88세의 노구에도 새벽 3시에 일어나 정진하시는 모습을 가까이에서 모시면서 목도하곤 했다. 두 스님에 비하면 나는 아직 한창일 때이니, 이 가을 부끄러움에 문득문득 잠이 달아나는 것이다.

진공묘유의 안목은 저절로 빛나는 밝은 등불이지만, 이 가을에 수행자는 끊임없이 살아있게 발현시키는 모습을 갖는 것이 중요하다고 깨닫는다.

어떤 스님이 동산 스님에게 물었다.

"추위와 더위가 다가오면 어떻게 피합니까?"

"어찌 추위와 더위가 없는 곳을 향해 가지 않느냐."

"어디가 춥고 더위가 없는 곳입니까?"

"추울 때는 그대를 춥게 해버리고, 더울 때는 그대를 덥게 해버려라."

수

행

사람으로 났으니 고삐 꼭 잡고 한바탕 일을 치르라

나는 열일곱 살에 출가했다. 어떻게 어린 나이에

출가를 하게 되었는지 궁금해 하는 사람들이 더러 있다.

얼마 전 졸업한 지 30년이 지난 모교에서

특강을 했다. 고등학교 1학년 250명을 대상으로

한 강의다. 열일곱 살 아이들을 만나니 까맣게 잊고

있던 나의 출가시절 모습이 생생하게 떠올랐다.

생각해 보면 출가 전에는 삶에 별다른 의심이 없었다.

단순하게 모든 것을 판단하고 행동하고 상상했다.

하지만 출가 이후에 삶의 잣대가 하나 생겼다.

수행자의 마음으로 판단하고 행동하게 된 것이다.

비록 어린 나이였지만 출가 전후의 나는 전혀

다른 사고 체계를 가지게 되었고,

완전히 다른 사람으로 거듭난 셈이었다.

지금 생각해 보면 참 오묘한 일이다.

멋지게 살 수 있는
절호의 시간은 누구에게나 남아 있다

百 千 萬 劫 難 遭 遇

열일곱 살 때 가까운 친구들이 모두 도시의 학교로 떠났다. 시골 학교에 혼자 남은 나는 자존심에 큰 상처를 받았다. 자포자기 심정으로 틈만 나면 친구들과 어울려 춤을 추고, 술도 마셨다. 소위 불량 학생이 되었다. 방황은 6개월 동안 이어졌다. 그 시간들이 앞으로의 삶에 대해 처절하게 고민하는 계기가 되었다.

그 무렵 우연히 혜능 선사의《육조단경》을 보게 되었고, '백천만겁난조우(百千萬劫難遭遇, 만겁의 시간이 지나도 만나기 어렵다)'라는 글귀에서 큰 충격을 받았다. 사람의 삶이 어렵고도 귀한 선택이기에 '멋지게 살 수 있는 절호의 시간'임을 깨달은 나는 인생을 소모하지 않고 귀하게 살아야겠다는 다짐을 하기에 이르렀다.

그때부터 바빴다. 그해 겨울, 은사스님을 좇아 암자에 머물며 산 생활을 시작했다. 찬물로 빨래하고, 석유곤로에 밥을 짓고, 도시락을 싸들고 학교에 다녔다. 선생님을 졸라 특별활동에 참선반을 만들었다. 학교공부는 뒷전이고 오로지 불교와 철학 관련 서적만 탐독했다. 비록 어린 나이에 출가했지만 나는 그때의 선택을 한 번도 후회한 적이 없다. 지금의 나는 평상시 시비 분별하는 마음이 없고, 현재의 것에 마음이 생생하게 열려 있어 늘 즐겁다. 그런데 나의 이런 성향은 출가 후에 공부를 통해 얻어진 것은 아니다. 타고난 성격에서 비롯된 것도 아니다. 이는 사춘기 시절의 단순함에 원인이 있는 듯하다. 열일곱 살에서 열아홉 살까지, 그 또래의 아이들은 하나를 선택하면 어떠한 방해에도 고집스럽게 몰입하는 특성이 있다. 그 성품이 성장한 뒤에도 계속 살아있으면 나이를 먹어도 그 코드로 일하고 공부하며 살아간다. 내가 그렇다.

모든 사람에게는 본래 번뇌를 일으킬 필요가 없는 단순함의 적적寂寂이라는 코드가 있다. 그러나 그 코드를 잊어버린 채 우리의 감각기관은 끝없이 비교하고, 분별하고, 욕심을 부리는 번뇌들로 가득하다. 그리하여 엉뚱하게도 먼 길을 돌아가거나 헤매는 경우가 많다.

고삐 끝을 꼭 잡고
한바탕 일을 치르라

緊　把　繩　頭　做　一　場

애플사의 스티브 잡스는 병실에서 마지막으로 이런 말을 남겼다.

"나는 비즈니스 세상에서 성공의 끝을 보았다. 타인의 눈에
내 인생은 성공의 상징이다. 하지만 일터를 떠나면 내 삶에 즐거
움은 많지 않다. 지금 병들어 누워 과거 삶을 회상하는 이 순간 나
는 깨닫는다. 정말 자부심 가졌던 사회적 인정과 부는 결국 닥쳐
올 죽음 앞에 희미해지고 의미 없어져 간다는 것을. 어둠 속 나는
생명 연장 장치의 녹색 빛과 윙윙거리는 기계음을 보고 들으며
죽음의 숨결이 다가오는 것을 느낄 수 있다. 이제야 나는 깨달았
다. 생을 유지할 적당한 부를 쌓았다면 이후 우리는 부와 무관한

것을 추구해야 한다는 것을."

죽음에 닥쳐서야 모든 걸 내려놓고 되돌아보기보다는 삶 속에서 단순해지고 고요하면 좋겠다. 번뇌가 없는 고요 고요한 적적寂寂을 만들기 위해 화두의 의단이 필요하다.

낙엽이 다 떨어진 앙상한 가지만 남은 겨울 숲길을 걸으며 생각한다. 파란 하늘에 드러난 나뭇가지들과 듬직한 맨살을 드러낸 나무들이 마치 번뇌를 다 떨치고 난 선명한 고요의 언어 같다. 담백한 저 말을 하기 위해서는 한바탕 몸서리를 쳐야 한다. 매년 홍역을 치르듯 꽃을 떨어뜨리고, 열매를 떨어뜨리고, 수많은 손들을 내려놓는다.

황벽 선사의 시다.


티끌세상을 벗어남은 보통일이 아니다.

고삐 끝을 꼭 잡고 한바탕 일을 치르라.

매서운 추위가 한 번 뼛속에 사무치지 않으면

어떻게 매화 향기 코를 찌르랴.

迴脫塵勞事非常

緊把繩頭做一場

不是一番寒徹骨

爭得梅花撲鼻香

얼마 전 프랑스에서 온 불교학자 피터 스킬링 교수는 말했다.

"명상을 하고서야 내 삶의 고통, 그 뿌리가 집착임을 알게 됐다. 내가 붙들고자 하는 대상의 실체가 그림자임을 알게 되면 삶이 훨씬 경쾌하고 지혜로워진다. 화가 날 때도 전보다 덜 심각하게 받아들이게 된다. 집착의 강도가 약해지는 만큼 지혜로운 통찰이 생겨난다, 우리 주위에서 일어나는 일들이 그림자처럼 바깥에 투영된 것임을 알게 됐다. 그걸 잡으려고 욕망을 일으키는 나를 보게 됐다. 전에는 그게 안 보였다."

근원으로 돌아가는
오묘한 길


寂　寂　惺　惺

번뇌가 고요해지는 적적寂寂이 되면, 또렷또렷해지는 성성惺惺을
만난다. 스님들이 틈만 나면 부르는 노래《증도가證道歌》를 쓰신
현각 스님은 후학들에게 12시간 어느 때나 또렷한 맑은 정신으
로 의심을 일으켜 참구하여, 앉거나 서거나 눕거나 다니거나 항
상 자세히 광명을 돌이켜 스스로 마음을 살펴보라 당부한다.

　　"적적이란 외부의 좋고 나쁨을 생각하지 않음이고, 성성이
란 흐리멍덩하거나 선도 아니고 악도 아닌 무기無記의 상相을 내
지 않음이다. 만약 적적하기만 하고 성성하지 못하면 그것은 흐
리멍덩한 상태이고, 성성하기만 하고 적적하지 않으면 그것은 무

엇엔가 얽힌 생각이다. 적적하지도 않고 성성하지도 않으면 그것은 얽힌 생각일 뿐 아니라 또한 흐리멍덩함에 빠져있는 것이다. 적적하기도 하고 성성하기도 하면 그것은 곧 성성하고 적적함이니, 이것이야말로 근원으로 돌아가는 오묘한 길(妙性)이다."

고려시대의 선승 보조지눌 스님은《정혜결사문定慧結社文》에서 "고요히 연려(緣慮, 사물을 보고 일어나는 생각)를 잊고 홀연히 홀로 앉아서 바깥 대상을 취하지 않고 마음을 거두어서 안으로 비추되, 먼저 고요한 것(寂寂)으로써 연려를 다스리고 다음 또렷한 것(惺惺)으로써 혼침昏沈을 다스린다. 혼침과 산란散亂을 고루 조성하여 취사取捨하는 생각이 없이 마음으로 분명하여 확연히 어둡지 않고 생각 없이 알며, 일체 경계를 취하지 않고 허명虛明한 마음을 잃지 말며 담연湛然히 상주常住하라."고 하였다. 이때의 적적은 곧 정定에 해당하고 성성은 혜慧에 해당한다. 결국 수행은 번뇌를 쉬는 고요함과 본래면목이 살아있게 만드는 일이다.


그 마음 초롱초롱하고 고요 고요해야 하니
망상이 초롱초롱해서는 안 되네
그 마음 고요 고요하고 초롱초롱해야 하니
멍청히 고요 고요해서는 안 되네

무
심

흐르는 강물은 바다를 꿈꾸지 않는다

가없는 푸른 하늘에

구름 일고 비 오는데

빈 산엔 사람 하나 없어도

물 흐르고 꽃은 피네

萬里靑天

雲起雨來

空山無人

水流花開


중국 송나라 때 정치가이자 시인인

산곡 황정견의 시다.

이 글은 법정 스님의 거처하던

불일암 네 기둥에 쓰여 있기도 하다.

스님은 몇 자 안 되는 글귀에

푸른 하늘과 구름과 비,

산과 사람과 물과 꽃이 들어있다면서

특별히 좋아하셨다.

물은 꽃밭을 지나던 순간을
기억하지 않는다


水　流　花　開


연어처럼 바다에서 강으로, 수많은 실개천을 거슬러 올라가 강의
시원始原을 찾아다니는 사람이 있다.

　　초등학교 교사와 사회과부도 만드는 일을 하다가 우연히 우
리나라 강의 길이나 시작이 잘못되었다는 사실을 알고는 강에 천
착하여 전국 18개의 강을 실측하고 원천을 찾아 국토지리원의
지도를 바꾼 이형석 선생이다. 오래전부터 교분이 있어서 그에게
강 이야기를 많이 들었다. 어느 날 그가 한강의 새로운 시원을 찾
았다고 자랑하며 말했다.

　　"《조선왕조실록》중 〈세종실록〉의 지리지地理志를 보면 한

강의 시원으로 오대산 우통수와 금강연을 언급하고 있습니다. 그래서 봄과 가을에 조선시대 관리가 그곳에 와서 시원제까지 올렸다는데, 한강의 원천이 틀렸습니다. 제가 직접 강줄기를 따라가 보니 태백의 금대산 고목샘이 맞습니다."

강의 시작점, 시원의 물은 수심 한가운데 중심을 따라 흐른다고 한다. 그래서 옛 호사가들은 배를 타고 강 중심부에서 철 두레박을 내려보내 물을 담아 올렸다. 이 물은 가장 무거운 물이어서 한 번 담기면 다른 물과 섞이지 않는다는 것이다. 한강에 배 띄우고 강 중심수를 길어다가 차를 달였는데, 이는 강원도 깊은 골짜기 샘물로 차를 달여 마시는 셈이 되는 것이다.

봄 산중에 사람들이 찾아오면 말 주변이 없는 나는 묵묵히 샘물을 길어 싱그러운 작설차 한 잔 달이고, '수류화개水流花開, 물 흐르고 꽃 피듯이'라는 글귀를 적어주는 소박한 대접을 한다.

'물이 흐른다'는 말은 지금 활발발하게 살아서 새로운 것들을 환희롭게 만나라는 뜻이다. 강물은 지난날 아름다운 꽃밭을 지나왔을 때도 있었고, 노루와 달콤한 입맞춤을 하기도 했을 터이다. 폭포에서 떨어지는 공포도 있었을 테고, 웅덩이에 갇혀서 빙글빙글 제자리걸음 하며 답답했던 적도 있었을 것이다.

그러나 물은 지나온 것들을 생각하지 않는다. 만약 물이 과거 지나왔던 아름다운 꽃밭만 생각한다면 현재 만나는 것들에 대한 불만스러운 마음으로 흘러갈 것이다. 물은 다가올 것들을 미리 생각하지 않는다. '폭포를 만나면 어떡하지?' 하면서 공포스러운 마음으로 흘러가지 않는다. 깊은 웅덩이를 만날 것이라는 두려움을 안고 주저하며 흐르지 않는다. 물은 늘 새롭게 흐른다. 아름다운 꽃과 새들을 만나고, 신나게 미끄럼도 타고 날카로운 돌무더기도 부드럽게 감싸며 흐른다. 그렇게 모였다 흩어지기를 반복하며 흐를 뿐이다.

또 물은 바다로 간다는 기대를 하지 않는다. 그래서 물에게는 온갖 가능성이 있다. 논밭으로 흘러든 물은 기름진 양식이 되기도 하고, 여름날 햇볕을 받아 수증기로 증발하여 다시 산으로 올라가거나 또는 빗방울로 더 빨리 바다에 도착하기도 한다. 가능성을 열어둔다면 무엇을 만나도 어떤 상황에서도 기쁠 것이며 좋은 기회가 된다.

무심에 이르는 순간
부처가 된다




茶　半　香　初


나의 삶도 강물처럼 바라보아야 한다. 나, 자녀, 타인, 세상을 바라보는 것도 그렇다. 기대를 버리고 온갖 가능성을 열어 두어야 한다. 그러면 세상과 만나는 매 순간이 환희롭고 행복할 것이다.

　　얼마 전 한 노인이 고등학교 1학년을 다니다 자퇴한 손자를 데리고 왔다. 손자가 우울증으로 정신과 치료를 받는 중에 어떤 분의 소개로 무작정 찾아왔다고 했다. 할아버지는 하나밖에 없는 금쪽같은 손자가 건강해져서 제 갈 길을 걷기를 간절히 바라고 있었다.

　　아이는 태어나면서부터 애지중지 키워졌다. 유치원, 초등학교, 중학교 때까지 부족함 하나 없이 자랐다. 아이의 말투 하나, 행동 하나까지 온 가족이 관심을 보이며 애정을 쏟았다. 스스로 무언가를 하려고 하면 먼저 어른들이 준비를 해주었다. 그런데 고등학생이 되자 소년은 폭발하고 말았다. 어른들의 관심 어린 말 한마디에도 소리를 지르고 뛰쳐나갔다. 제 삶을 제 마음대로 할 수 없는 무력감, 애정으로 포장된 지나친 관심은 소년의 모두 의지를 꺾어놓았다. 그래서 자기 나름대로 저항을 한 것이다. 그 것은 곧 소년의 마음 안에는 아직 스스로 극복하고 이겨내 보겠 다는 가능성이 남아 있음을 뜻했다. 누군가 내 인생을 만들어주 려 하거나 간섭한다면 그것은 부자유스러운 일이다. 어쩌면 반발 하는 게 당연하다. 우리는 새로운 만남에 신기해하고 스스로 이 루어내는 것에 흥미를 갖는 존재이다. 나는 노인에게 그 점을 알 려 주었다. 아이 스스로 삶을 돌보도록 지켜보라고 그러면 스스 로 뚫고 일어설 것이라고. 무엇보다 아이에게 필요한 것은 믿음 과 기다림이었다.

　나무가 꽃을 피우려면 추운 겨울을 이겨내야 한다. 푸른 이 파리들 남김없이 땅에 떨어뜨리고, 뿌리는 깊게, 껍질은 두껍게 하고 당당히 서서 추위를 맞서야 한다. 그렇게 살아남아 따뜻한 봄기운이 돌면 작은 실뿌리까지 부지런히 움직여 땅의 기운을 저 먼 가지 끝까지 올려 보내는 정성을 쏟아야 한다. 무언가 이루려고 한다면 과거의 연기적 관계성과 현재의 연기적 관계성을 최대한으로 활용해야 한다. 통찰의 지혜가 필요하다.

수류화개水流花開라는 글귀를 좋아하여 집 이름을 '수류화개실'이라고 쓰신 법정 스님의 글도 있다.

"언젠가 한 젊은 청년이 뜰에 선 채 불쑥, 수류화개실이 어디냐고 물었다. 아마 내 글을 읽고 궁금했던 모양이다. 나도 불쑥, 네가 서 있는 바로 그 자리라고 일러주었다. 사람은 언제 어디서 어떻게 살든 그 속에서 물이 흐르고 꽃을 피워낼 수 있어야 한다. 저 꽃도 나무도 강도 봄 또한 그러할진대 사람이라면 응당 그러해야 하지 않겠는가."

물은 적적寂寂하게 흐르고 꽃은 성성惺惺하게 피듯이, 번뇌는 적적하고 화두는 성성하게 한다면 좋겠다. 그리하여 있는 그대로 받아들이는 무심無心의 경지에 이르는 순간 우리는 부처가 된다.

추사가 초의 스님에게 보낸 명품 서첩들이 많다. 그중에서 다인茶人들이 곁에 두고 애송하는 유명한 구절이 산곡 황정견의 대련(對聯, 시문 등에서 의미는 틀리나 동일한 형식으로 나란히 있는 문구)이다.

고요히 앉은 곳

차 마시고 향사르네

묘한 작용이 일 때

물 흐르고 꽃이 피네

靜坐處

茶半香初

妙用時

水流花開

공

양

마음은 아픈 곳에 있다

이 귀중한 보리심을 간직하기 위해

저는 정성을 다해 공양 올립니다.

무한한 공덕의 바다이신 모든 부처님들과

성스러운 가르침과 보살님들의 모임에

이 세상의 모든 꽃과 과일과 온갖 약초와

모든 귀한 보석과 깨끗하고 상쾌한

물과 보석으로 가득한 산들과 아름다운

숲들과 고요하고 즐거운 곳들,

그리고 꽃으로 장식한 나무와 맛있는

과일이 주렁주렁 달린 나무들,

천상계에서 나오는 미묘한 향, 소원을

들어주는 나무, 연꽃으로 장엄한 호수,

새들의 아름다운 노래 소리,

이 모든 것들을 마음에 담아 공양 올리오니

성스러운 공양의 대상이신 자비로운 분들이시여

이 공양을 받아주소서.

_《샨티데바의 행복수업》 중에서

극락은 타인을 위한 마음으로
가득한 곳

供　養

《금강경》에 보살이 불국토를 장엄(莊嚴, 꽃이나 향 등으로 아름답고 위
엄 있고 훌륭하게 꾸미고 배치함) 한다는 말이 있다. 장엄은 깨달은 자
의 자비로운 마음이 담긴 보시이며 공양의 표현이다.《아미타경
阿彌陀經》에도 "사리불아, 저 나라에는 항상 천상의 음악이 울리
며, 땅은 황금으로 되고, 밤과 낮 여섯 때에 만다라 꽃이 비 오듯
내리는데 그 나라 사람들은 항상 아침마다 각각 바구니에 온갖
오묘한 꽃을 담아 타방 세계의 십만 억 부처님께 공양한다. 극락
세계는 이와 같이 공덕장엄으로 이루어졌다."라고 쓰여 있다.

　　우리가 정성을 다해 가꾸고, 공양하고, 장엄하는 것은 자신

을 위하기보다는 타인을 위한 것이다. 매일 아침 도량을 빗자루로 쓰는 행위는 나 자신의 만족을 위해서가 아니라 사찰에 찾아오고 머무는 이들을 위해서다. 바로 공양供養이다. 마찬가지로 집안을 청소하고 그림을 걸고, 책장을 놓고, 조그마한 화분을 기르는 일들이 함께하는 가족에게 올리는 장엄이며 공양이다. 한 물건도 허투루 놓는 법 없이 그 자리에 합당하게 놓는 것이 지혜이고 보살행이다. 공양하려는 마음은 자신이 머물고 있는 곳에 따라 각각의 형태로 나타난다. 그럴 때의 마음은 그 자체로 공양이 된다. 그러나 자신이 속한 영역에서 자신을 드러내고 확인하고자 하는 순간, 분별심과 상대적 생각이 일어나면서 욕심과 집착으로 변하게 된다.

얼마 전 나주역에서 서울행 기차를 타고 가던 중 뉴스를 들었다. 동국대 학생이 45일째 단식을 하고 있다는 것이다. 지난해 진도 팽목항에서 2백여 일 동안이나 어이없는 죽음을 건져내면서 다시는 이러한 죽음이 없기를 간절히 기도했다.

뉴스를 듣는 순간, 나에게는 한 생명을 살려야 한다는 생각뿐이었다. 그 길로 아무 연고도 없는 동국대학교로 가 교정에 텐트를 치고 단식에 들어갔다. 교수나 학생, 교직원, 이사장, 저마다 학교를 생각하는 입장이 있겠지만, 무엇보다 생명을 살리는 일이 우선 되어야 함을 잊어서는 안 된다. 학생이 바라는 정직한 학교의 장엄, 교수가 바라는 올바른 학교의 장엄, 이사장이 바라는 아름다운 학교의 장엄은 다르지 않다. 그러나 각자의 입장만 옳다고 주장하고 대립하다 보면 결국 파멸에 이른다.

한 개의 세포와 장기들도 내 몸이듯, 학교를 이루는 모든 것들이 곧 학교라는 몸이다. 평소에는 마음이 어디에 있는지 모르다가 아픈 부위가 생겼을 때 그 아픈 곳에 마음이 닿듯, 학교 이사장은 학교의 유형, 무형의 것 모두가 학교의 '몸'임을 알아야 한다. 그 몸 가운데 가장 아픈 곳이 어디인지를 살피고 가꾼다면 그곳이 건강하고 새들과 꽃들이 만발한 극락세계가 되며 아름답게 장엄되는 것이다. 그런데 그 속에서 나의 자존심만 내세운다면 그 조직은 건강을 회복하기 어렵다. 가족 중에 한 사람이 아프면 온 가족이 아파하고 돕는 것은 가족이 한 몸이기 때문이다.

너와 나, 집, 가족, 나라, 지구, 우주가
비로소 한 몸이다.




同 體 大 悲

시흥의 자동차 부품 가게에 큰불이 나 옆집 세 채도 함께 전소되
는 사건이 있었다. 주인은 평소 휘발성이 있는 작업은 손으로 직
접 했는데 그날따라 무심코 전기드릴을 쓰다가 불꽃이 튀어 불이
났다. 불은 손쓸 겨를 없이 번졌고 옆집까지 피해를 입었다. 가게
주인은 지난 IMF 때 하던 일을 접고 어렵게 중고타이어 가게를
열어 18년이 지난 지금까지 운영해왔다. 일요일도 쉬지 않고 열
심히 일했다. 최근에는 한쪽 팔이 아파 병원에 갔더니 치료하지
않고 사용하면 불구가 된다는 경고를 듣고도 얼음찜질을 해가면
서 쉴 줄을 몰랐다.

화재의 상처는 컸다. 한 달이 지났지만, 그는 여전히 후회스럽고 원통하고 분해서 밤에 자다가도 몇 번씩이나 벌떡벌떡 일어났다. 보다 못한 딸들이 아버지를 모시고 미황사 템플스테이를 왔다. 그는 절에서도 며칠 잠을 이루지 못했다. 나는 그와 마주 앉았다. 그의 말을 기다렸다. 그의 억울함과 속상함을 한참 들어주고 나서 말했다.

"우리는 과거 찰나의 순간으로 돌아갈 수 없습니다. 지금 당신은 자꾸만 그때를 떠올리며 마음의 불을 지르고 있는 것인지도 모릅니다. 당신의 현재 마음을 바로보고 이제 그만 어루만져주세요. 그리고 주위를 둘러보세요. 당신을 기다리는 가족이 있습니다. 이 먼 곳까지 함께 내려온 자녀들을 보세요. 더 늦지 않게 가족과 함께 삶을 가꾸시기를 바랍니다."

면담이 끝나던 날 밤 그는 아주 오랜만에 푹 잤다고 했다.

기억나는 또 한 분이 있다. 그분은 건강하게 직장에 잘 다니다가 건강검진에서 위암 선고를 받았다. 하루하루 수술 날짜를 초조하게 기다리던 그분도 딸의 손에 이끌려 절을 찾아왔다. 불안과 두려움이 가득한 얼굴로 앉아 있는 어머니의 손을 딸이 꼭 붙잡고 놓지 않았다.

불행한 현재를 받아들이기는 쉽지 않다. 그러나 함께 아파하고 걱정하는 가족이라는 조금 '큰 몸'이 있으니 불행을 극복하는 힘은 더 커지지 않겠는가.

학교에서의 대립과 화재의 원인을 되새김질하고 불안해하는 마음은 감정에서 온다. 에리히 프롬은 인간의 근본적 욕망인 식욕이나 성욕은 문제가 되지 않는다고 말한다. 오히려 관계에서의 고독감, 창조적 열망 속에서의 무력감, 의미 체계에서의 허무함이라는 세 가지 감정이 삶을 어렵게 만든다고 한다. 그런데 현대인들은 이 감정들을 극복하는 데 부정적인 방법을 쓰는 경향이 있다. 약자를 괴롭히면서 무력감에서 벗어나거나, 술 또는 마약으로 허무감을 극복하거나, 특정 집단에 소속되어 다른 사람을 배척하면서 고독감을 해소하기도 한다. 이 부정적인 행태로 인간은 결국 불행해지고 만다. 프롬은 이 세 가지를 극복하기 위한 유일한 답은 바로 '사랑'에 있다고 일러준다.

수행적 측면에서 볼 때 이러한 어려움은 결국 상대적이고 소극적인 '나'라는 생각 속에서 생겨나는 문제들이다. 한 번은 수행을 통한 무아적 선 수행의 체험이 있어야 비로소 뛰어넘을 수 있다.

모든 개별의 것들과 전체가 미황사이다. 대웅전이, 보물로 지정된 응진당이, 스님들이, 신도들이, 산이, 나무가, 오늘 밝은 햇살이, 부는 바람이 각각의 미황사이고 이것들이 함께 어우러져서 미황사가 되는 것이다.

너와 나, 집, 가족, 나라, 지구, 우주가 비로소 한 몸이다.

청허당淸虛堂 휴정 스님이 지은 책으로, 말 그대로 선가에서 거울로 삼을 수 있는 지침서인《선가귀감禪家龜鑑》에서 한 구절 옮긴다.

가난한 이가 와서 달라고 하면 분수대로 나누어주라.

한 몸처럼 두루 가엾이 여기면 이것이 참 보시이며,

나와 남이 둘 아닌 것이 한 몸이다.

빈손으로 왔다가 가는 것이 우리들의 살림살이 아닌가.

공

동

체

함께 깨닫고 함께 부처가 되다

스무 살에 만난 해인사는 아름다웠다. 천 년 동안
간직하고 이어져온 수행 전통은 감동이었다.
여름과 겨울에 3개월씩 안거수행을 하고, 보름에
한 번 큰 스님에게서 설법을 듣고, 부지런히 계율을
암송했다. 새벽 세 시부터 저녁 아홉 시까지,
수행 시간과 공양의 법도는 엄격했다. 선과 경전,
계율을 가르치는 각각의 뛰어난 스승들이 있고,
공부하러 전국에서 온 수행자들이 구름처럼 많았다.
대중 방과 공양간, 선방에서 한 사람 한 사람의
소임은 헌신적이었으며, 어느 한 사람 빠지지 않은
울력은 무슨 일을 하던 힘이 넘쳤다.
선방의 고요함이 가야산을 휘감고, 강원에서
학인들의 글 읽는 낭랑한 소리가 천지간天地間으로
퍼져나갔다. 그 조화로움은 어떤 음악보다
아름다웠다. 빽빽하게 들어선 나무들이 나름의
질서와 아름다움을 품어내는 숲처럼, 내가 수행의
첫 발을 내딛은 해인총림은 30년이 훌쩍 지난
지금까지도 청정한 울림을 준다. 그 첫 마음 덕분에
어느 곳에서든 아름다운 수행 공동체를 만드는 것이
나의 꿈이 되고, 가장 소중한 일이 되었다.

대중이 공부를
시켜준다

如 大 比 丘 衆

수행 공동체는 수행하는 사람들이 모여 사는 작은 마을이다. 깨
달음의 소망이 이루어지도록 도와주고 힘과 용기를 주는 곳이다.
마음을 쉬는 귀의처이다. 대중은 서로를 보호하고 서로의 수행을
도우며 공동체를 함께 키워 나간다.

수행 공동체 구성원이 되는 것은 수행을 잘하기 위해서다.
혼자서 하기 힘든 많은 일들이 대중과 함께 할 때 쉽게, 저절로 된
다. 아무리 힘들어도 쉽게 지치지 않는다. 수행을 위한 계율, 수많
은 규율과 규칙은 서로에게 기댈 때 더 큰 힘 의지가 되어 힘을 발
휘한다. 대중의 힘이다. 이 힘이 없이는 개개인이 내면의 변화를

이루기가 쉽지 않다. 대중이 공부를 시켜준다는 말은 여기에서 비롯된다.

석가모니 부처님은 깨달음을 얻은 후 당신이 알게 된 진리를 전할 것인가 말 것인가 잠시 망설였다. 온갖 번뇌와 탐욕, 증오와 아집에 사로잡혀 있는 사람들이 아주 높고 깊고 미묘한 뜻이 함축된 진리를 이해하기가 어려울 것이라고 생각한 것이다. 그러자 대범천이 부처님에게 깨달음을 전해달라고 간곡히 요청한다. 부처님이 다시 세상 사람들을 관찰하니, 물속에 잠긴 채 시들어버릴 사람들, 즉 욕망과 삿된 견해에 빠져 도저히 깨닫지 못할 사람이 있고, 또 물 위로 솟아 언젠가 스스로 꽃을 피울 사람이 있고, 또 수면 가까이 겨우 닿아 꽃을 피우지 못할 수도 있는 사람이 있었다. 부처님은 수면에 닿을락 말락한 사람들을 위해 설법을 결심하고 이렇게 말했다.

나는 범천의 청을 받아들여
감로甘露를 비처럼 내리리.
모든 세상의 중생들, 신들도, 사람도, 용들도
믿음이 있는 자는 이 법을 들으라.

이윽고 부처님은 깨달음을 얻은 지 49일이 지난 그때 세상으로 나가 깨달음의 지혜를 알리기 시작했다. 꼬박 하루를 걸어서 녹야원에 도착했다. 꼰단냐와 그의 친구들인 밧디야, 왑빠, 마하나마와 앗사지를 만났다. 부처님은 네 가지 위대한 진리, 즉 사성제(四聖諦, 불교의 기본 가르침인 네 개의 거룩한 진리)에 관한 법문을 하여 그들에게 해탈의 길을 열어 주었다. 제일 나이가 많은 꼰단냐가 먼저 아라한(더 이상 배울 것이 없는 최고의 단계)의 경지를 깨달았다. 꼰단냐는 탁발을 하면서 친구들이 깨달음에 이르도록 도왔다. 2주 후 이번엔 왑빠와 밧디야가 아라한의 경지에 올랐다. 이번에도 부처님이 남은 두 사람을 가르치는 동안 먼저 깨달은 세 사람은 탁발을 나가 먹을거리를 구해왔다. 마지막으로 마하나마와 앗사지가 깨달음을 얻었다. 부처님의 최초 공동체는 이 다섯 명의 대중이 모여서 시작되었다. 부처님은 말했다.

"이제 우리는 깨달은 사람들이 모여 사는 작은 수행 공동체를 이루었다."

얼마 후 바라나시 대부호의 아들인 야사라는 청년이 녹야원에 왔다. 야사가 부처님의 설법을 듣고 출가하자 친구들 54명이 찾아와 부처님의 제자가 되었다. 그 뒤 부처님은 네란자라 강가에서 종교지도자인 우르웰라 까사빠와 함께 우주의 근원과 연기의 가르침에 대해 논하였는데 그가 부처님의 말에 크게 감동하여 이렇게 말했다.

"부처님, 저는 한평생을 허비했습니다. 부디 저를 제자로 받아주어 해탈의 수행을 할 수 있도록 허락해 주십시오."

한 종파의 지도자인 까사빠가 부처님의 제자가 되자 그의 제자 500명도 한꺼번에 부처님을 따르게 되었다. 이틀이 지난 후 까사빠의 동생들인 나디와 가야가 700명의 제자를 이끌고 찾아와 제자가 되기를 청하였다. 그로부터 2년 후 고행 승단에서 수행을 하던 사리뿟다와 목갈라나가 라자가하에서 수행을 하며 거룩하게 걷고 있는 앗사지의 모습을 보고 감동해 앗사지와 함께 부처님을 찾아뵙고 제자가 되었다. 그러자 함께 수행하던 250명도 뒤를 이어 부처님의 제자가 되었다.

경전의 설법 장면에 늘 묘사되는 1,250명의 대중들은 이렇게 함께하게 되었다. 아침이면 천여 명의 수행자들이 줄을 지어 발우를 들고 마을로 내려가 탁발을 해오고, 공양을 마친 뒤엔 부처님 주변에 둥그렇게 둘러 앉아 설법을 들었다. 설법이 끝나면 나무 아래에서 가부좌를 하고 좌선을 했다. 평화롭고 행복한 하루하루가 그렇게 흘러갔다.

어루만진다고 고통이 사라지지 않는다.
오직 실재에 대한 진리뿐


實　在


산사의 새벽은 늘 가슴 벅차게 다가온다. 어둠에서 밝음으로 향하는 길목, 부처님 앞에 엎드려 예불을 올리는 순간은 경이롭다. 스승의 가르침을 받아들이는 깊이는 신심에 비례한다. 법이 살아 있고, 청정하고, 평등하고, 화합하는 공동체를 만들어가기를 나는 매일매일 기도한다.

　미황사에는 스님 7명, 관리와 공양과 사무를 담당하는 재가자 10명, 봉사를 하면서 수행하는 대중 5명, 8일 동안의 참선집중수행에 찾아온 대중이 19명이다. 그리고 날마다 템플스테이를 하기 위해 찾아오는 사람이 대략 10명 정도에 이르러 전체 대중이 50명인 수행 공동체이다. 부처님의 공동체에 비하면 아주 작지만, 함께 공양하고 함께 울력하고 함께 공부하는 일이 여간 어렵지 않다.

수행 공동체는 몇 사람이 모여 공동생활하는 것만으로 만들어지는 것이 아니다. 삼보三寶가 완전히 갖추어져 있어야 비로소 그 수행 공동체는 건강하게 유지된다고 볼 수 있다. 삼보란 불교를 구성하는 세 가지 요소를 말한다. 하나라도 빠지면 성립되지 않으므로 보물이다. 불(佛, 부처), 법(法, 부처님이 깨달은 진리), 승(僧, 승단 또는 지역 교단) 즉 '부처님'이 깨달은 '진리'를 '승가'를 통해 사람들에게 전해주고 이어갈 수 있다는 의미이다. 수행 공동체는 완전한 깨달음으로 인도하는 안내자로서의 삼보를 따르고, 수행자도 깨달은 뒤에는 자신도 삼보가 될 수 있음을 알아야 한다.

역사적으로 삼보가 존재하게 된 순서와 개별 수행자나 모임에서 삼보가 생겨나는 순서는 다르다. 역사적으로는 부처님이 먼저 나타나 법法을 가르쳤다. 사람들이 그 가르침을 기반으로 수행하여 깨달음을 얻었다. 깨달음을 얻은 제자들이 승보僧寶이고, 그 모임이 수행 공동체이다. 개별 수행자는 먼저 법을 실현한다. 그리하여 승보가 된다. 완전히 깨달을 때까지 법보를 강화시켜 불보가 된다. 수행 공동체에서도 법을 함께 통달하고, 승보를 구성하고, 다함께 불보가 된다.

우리에게는 많은 공동체와 모임이 있다. 사찰의 모임, 신도들과의 모임이 있다. 세상으로 나가면 가정, 마을, 직장, 학교 단위 등 다양한 모임이 있다. 이런 모임들 모두가 수행 공동체가 될 수 있다. 각 모임 단위에서 우리는 법(무아無我·연기緣起·공空·중도中道)을 통해 화합하고 청정하고 노력하는 모임으로 발전시킨다면, 그것이 바로 삼보가 실재하는 수행 공동체라고 할 수 있다.

예를 들면, 가정에서는 식구들과 내가 한 몸이 되어, 서로가 존재함으로써 내가 존재한다는 연기적이며 공적이고 중도적인 진리에 기대어 생각하고 행동하면, 그 가족이야말로 훌륭한 수행 공동체가 된다. 세속적 욕망과 이기적인 감정과 고집을 내려놓고, 법이 살아있게 노력하고 화합하는 공동체는 어떤 모임이든지 수행의 공동체가 되는 것이다.

《삼매왕경三昧王經》에서는 이렇게 말한다.


부처님들은 중생에게 물을 뿌림으로써
악업을 씻어내는 것이 아니고,
손으로 만져서 중생들의 고통을 없애지 않고,
중생들에게 지혜를 옮겨주지도 않는다.
부처님들은 실재實在에 대한 진리를 가르쳐서
중생을 해탈시킨다.

선
업

순간순간 몸과 말과 마음을 정성스럽게 하라

절에 손님이 오면 객실로 쓰는 집이 있는데
이름이 향적당香積堂이다. 향기 가득한
집이라는 뜻이다.《법구경法句經》에
'꽃향기는 바람을 거스르지 못하지만
참사람의 향기는 사방으로 널리 퍼진다.'는
글귀에서 찾은 이름이다.
네 기둥에는 문수보살의 게송도 적어두었다.
몸과 말과 마음을 잘 사용한다면 부처님과 같은
향기 나는 삶을 살 수 있다는 멋진 게송이다.


미소 짓는 이 얼굴이 참다운 나눔이요
부드러운 말 한마디 미묘한 향이로다.
깨끗해 티가 없는 진실한 이 마음이
언제나 한결같은 부처님 마음이네.
面上無瞋供養具
口裏無瞋吐妙香
心裏無瞋是珍寶
無染無垢是眞常

한 몸에 악업과
선업의 씨앗이 들어있다

心 裏 無 瞋 是 珍 寶

봄이 깊어질수록 도량을 찾는 사람들의 발소리도 잦아진다. 그들을 나 혼자서 다 만날 수 없거니와 그들의 기대를 충족시킬 수도 없다. 오히려 화단에 핀 영산홍이나 불두화가 그들을 웃음 짓게 하고, 빛바랜 단청 고졸한 대웅전이 깊은 감동을 줄 터이다.

더 가까이 다가오는 사람들을 위해 벽에 그림을 그려놓고, 집에 이름도 붙이고, 기둥에 시 구절이나 법문들을 새겨놓았다. 눈이 더 깊어지면, 이렇듯 귀한 말씀이 곳곳에 새겨져 있음을 느끼고 의미를 간직하길 바라면서 말이다.

《화엄경》〈십지품十地品〉에는 몸과 말과 마음을 잘못 사용하면 지옥, 아귀, 축생의 과보를 받는다고 가르치고 있다. 인간으로 태어나더라도 살생한 죄로 단명하거나 병을 얻으며, 훔친 죄로 빈궁하거나 가진 재물도 마음대로 사용하지 못하고, 사음한 죄로 배우자의 행실이 부정하거나 마음에 드는 식구를 얻지 못한다고 한다. 거짓말을 하면 비방을 많이 받거나 남에게 속게 되며, 이간질한 죄로 식구들이 뿔뿔이 흩어지거나 가족 관계가 허물어지고, 나쁜 말 한 죄로 항상 험담을 듣거나 다투는 일이 많을 거라 말하고 있다.

또한 번드르르한 말을 한 죄로 사람들이 자신의 말을 믿지 않거나 발음이 분명하지 못한 과보를 안을 거라 한다. 탐낸 죄로 만족할 줄 모르거나 욕심이 끊임없이 일어나고, 성낸 죄로 남들에게 시비를 받거나 괴롭힘을 받게 되며, 삿된 소견을 가진 죄로 삿된 소견을 가진 집에 태어나거나 아첨꾼이 된다고 말한다.

이러한 업들을 뛰어넘어 이구지(離垢地, 부처가 되기 위한 10가지 수행 단계 중 하나. 번뇌나 망상, 잡념에서 벗어난다는 뜻) 라는 수행의 경지에 들어가려면 열 가지 깊은 마음을 일으켜야 한다고 소개하고 있다. 정직한 마음, 부드러운 마음, 참을성 있는 마음, 조복시키는 마음, 고요한 마음, 순일하게 선한 마음, 혼란스럽지 않은 마음, 그리움이 없는 마음, 넓은 마음, 큰마음이 바로 그것이다. 수행을 하면 저절로 살생을 하지 않게 되고, 칼이나 몽둥이를 멀리 하며,

원한을 품지 않고, 부끄럽고 수줍음이 있어 인자함을 갖추며, 생명 있는 자에게 항상 이익을 주며 사랑하는 마음을 내게 된다고 한다.

얼마 전 어머니를 떠나보낸 슬픔을 잊고자 기도를 하러 온 오십 중반의 여성을 만났다. 그분과 차담을 나누다가 마음이 보배로워지는 귀한 이야기를 들었다. 그의 어머니는 살아생전 버스나 전철을 타면 먼저 그곳에 있는 사람들이 평화롭고, 행복하고 무사하기를 마음속으로 기도한다고 했다. 식당이나 영화관 등 당신이 가는 곳, 어디든 낯모르는 이들을 위한 기도는 계속되었다. 그런데 그 기도가 어머니의 유산이 되어, 자신도 어느 순간부터 어머니를 따라 하고 있다고 했다. 우리의 생은 짧다. 그러나 그 속에서 만나는 사람들은 수없이 많다. 스치듯 지나가는 찰나의 인연도 있다. 그 순간순간 그들을 몸과 말과 마음으로 정성스럽게 만난다면 따로 수행하지 않아도 좋다.

몸의 세 가지, 입의 네 가지, 마음의 세 가지를 어떻게 사용하느냐에 따라 십악업(十惡業, 살생과 도둑질과 사음(몸), 거짓말과 이간질과 욕설과 아첨(입), 욕심과 성냄과 어리석음(마음))도 되고 십선업(十善業, 십악업의 반대)도 된다. 십악업을 경계하는 많은 계율이 있다. 계율을 지키는 것은 그릇을 온전하게 유지하는 것과 같다. 만약 그릇이 깨졌거나 구멍이 뚫려 있거나 더럽혀져 있다면 그 그릇은 사용할 수 없거나 사용하기 힘들 것이다. 그릇은 우리의 몸과 같다. 몸을 함부로 더럽히거나 나쁜 행위에 물들게 하면 번뇌와 욕망으로 가득하게 되고, 마침내 동쪽으로 가고자 하여도 서쪽을 향해 가게 되는 것과 같다. 그에 비하여 십선업은 몸과 말과 마음으로 만나는 모든 이들에게 향기를 전하는 일이다. 달리 말한다면 수행의 목표인 보살행을 하는 것이다.

우리는 한 몸에 악업과 선업의 가능성을 동시에 가지고 있는 것이다.

나도 모르게 주머니 속
선업의 씨앗을 뒤적거리다

無 染 無 垢 是 眞 常

　요즈음 만나는 한 사람 한 사람이 참 귀하게 다가온다. 도량에 들
어서는 모든 이들이 반갑다. 주머니에 사탕이라도 넣고 다니다가
아이들에게 한 움큼 쥐어주고, 누가 부처님 앞에 떡이라도 공양
올리면 체면불구하고 부엌에 들어가 잘게 썰어 한 조각이라도 사
람들 입에 넣어주고 싶다. 그건 머리가 시키는 일이 아니다. 저절
로 일어나는 마음 작용이다.

　　땅끝마을 미황사는 참 멀다. 지난해 템플스테이를 다녀간
사람들이 4천여 명에 이른다. 외국인도 6백여 명이다. 그들은 대
부분 유럽 쪽에서 찾아오는데 독일인이 가장 많다. 그들 중엔 인

터넷으로 예약을 하고 인천공항에 도착한 뒤 막상 거리가 멀어 취소하기도 하는데 그런 이들이 참가자 수만큼 많다.

영종도 공항에 내려 강남버스터미널로 이동, 다시 5시간 동안 버스를 타고 해남에 내린다. 그러고 나서 다시 40여분을 터덜거리는 시골버스를 타야 비로소 절에 도착하는 아주 긴 여정이다. 나는 가만히 앉아 절에서 만나지만 찾아오는 사람의 수고로움은 이루 말할 수 없다. 그들이 얼마나 애를 쓰고 정성을 들여 찾아왔는지 알기에 1분 1초 허투루 만날 수 없다.

사실 가까이서 오거나 멀리서 오거나 모두가 귀한 만남이다. 인연이기 때문이다. 그 만남은 무언가 해줄 수 있는 절호의 기회이기도 하다. 잠시 스쳐가는 인연이라 하더라도 결코 작은 인연이 아닌 것이다. 오늘도 밖을 내다보다가 마당을 거니는 이들을 보니, 절로 반가움에 미소가 나오고 무언가 줄 것은 없는지 주머니를 뒤적거린다.

옛 스승은 선이란 밖에서 얻어들은 지식이나 이론이 아니라 자신의 구체적인 체험을 통해 스스로 깨닫는 일이라고 했다. 객관적으로 이해하는 것이 아니라 직관적으로 파악하는 것이며 철저한 자기 응시를 통해 자기 안에 잠들어 있는 무한한 창조력을 일깨우는 작업이다.

십선업도 또한 마찬가지이다. 억지로 몸과 말과 마음을 하나하나 생각으로 지어서 나오는 것이 아니다. 수행을 통하여 통찰의 지혜 속에서 나와야 한다. 그것이 직관이고 미소이며, 부드러운 말이고 진실한 마음이다.

뒷마루에 앉아 파란 하늘에 퍼지는 아름다운 새의 노랫소리와 나뭇잎 흔들고 가는 살랑대는 바람에 청량한 법문이 실려 있음을 느끼면 좋겠다.

10여 년 전 선방에 살 때 일입니다. 행동과 말투가 거친 스님 한 분이 조
금 거슬렸습니다. 혹여 시비가 될까 말도 섞지 않았습니다. 하루는 저쪽
에서 그 스님이 걸어오기에 무심결에 피하는 나를 보았습니다. 오후 정
진을 하면서 생각했습니다.

'왜 나는 아무 이유도 없이 스님을 피했을까? 그 스님이 나에게 피해 준
일도 없잖은가. 겉모습과 말투만 보고 스님을 거부하는 게 과연 옳은가?
미리 견제하고 방어하는 이 마음은 또 어디에서 온 것인가?'

그러다 문득 저 스님도 나와 똑같이 좌복에 앉아 깨달음을 얻으려 노력
하고 있다는 사실이 마음을 치고 다가왔습니다.

'아, 내 시각이 크게 잘못되었구나. 내가 보고 싶은 것만 보았구나. 내 입
장에서만 바라보고 해석하려 했구나.'

좌복에 앉아 나 자신을 살펴보고 그 다음 한 명 한 명 선방 스님들이 되

어보았습니다. 그리고 밖으로 나와 나무도 되고 바위도 되어보았습니다. 흐르는 물이 되어보고 하늘도 되어보았습니다.

그렇게 내 마음에 드리워진 발을 거둬들이자 마음이 확 크게 열렸습니다. 모든 것과 하나가 되었습니다. 그것은 경이로운 법문이었습니다. 존재를 인정하자, 나에게 다가오는 수많은 만남이 곧 배움이 된 것입니다.

미황사에서 어떤 감동을 받았느냐고 물으면 저마다 다른 답변이 돌아옵니다. 누구는 새들의 노랫소리가 가슴을 울렸다 하고, 어떤 이는 부도전 가는 길이 좋았다 하고, 또는 달마산 꼭대기에서 환희심을 느꼈다고 합니다. 내가 산꼭대기에 데려다 준 것도 아니고 새소리를 들려준 것도 아닙니다. 그때의 햇살과 바람, 나무와 새들, 한 공간에서 함께 어울렸던 사람들이 아름다운 경험을 만들어준 셈입니다. 내 마음이 열려 있으니 사방 곳곳에서 위안을 받고 기쁨을 느끼는 것이지요.

#2 　화가와 목수와 소나무

지난겨울 서울에서 40여 명의 사람들이 내려왔습니다. 소나무를 좋아하는 사람들의 모임입니다. 거기 모인 이들은 직업과 전공이 다 달랐습니다. 경복궁을 복원하고 있는 목수, 소나무를 그리는 한국화가, 작곡가, 만화가, 사진가, 차 연구가, 사업가⋯⋯. 달마산 산기슭의 푸른 소나무를 가리키며 물었습니다.

"여기 모이신 분들은 저 소나무가 어떻게 보이십니까?"

화가가 답했습니다.

"오래오래 두고 그림으로 그리면 좋겠습니다."

이번엔 목수가 말했습니다.

"집 대들보로 쓰면 딱 맞겠습니다."

소나무를 바라보는 화가와 목수의 선善은 이렇듯 다릅니다. 자신의 경험과 지식에 비춰 소나무를 보는 것이지요. 어쩌면 그들은 서로의 생각을 이해하지 못할지도 모릅니다. 화가와 목수뿐일까요? 그 모임의 사람들이 각기 바라보는 소나무까지, 모두 40그루의 소나무가 그 자리에 있는 셈입니다.

자기만의 시각을 고집한 탓에 소나무의 본래면목, 혹은 소나무의 다른 가능성을 닫아버리는 이것을 일러 '어리석음'이라고 합니다. 소나무뿐만이 아닙니다. 우리는 늘 어떤 문제를 두고 과거의 경험으로 바라보거나 다른 사람이 어떻게 생각할까에 무게를 두고 대처하는 경우가 많습니다. 잘못된 판단은 그릇된 결과를 낳아 후회하는 결과를 빚기도 하지요.

매 순간 깨어있음이 나의 삶을 행복하고 평화롭고 자유롭게 함을 잊지 말았으면 합니다.

#3  한 그릇 밥의 뜻

점심공양을 마치고 누군가 반찬을 남겼기에 잔소리를 했습니다.

"음식을 남기면 공양주들이 실망하지 않을까요? 음식에서도 연기법을 보아야 합니다. 잘 먹은 음식에서 보살심이 나옵니다."

음식 한 그릇에는 만든 이의 수고, 산중 절까지 찾아와 시주한 분들의 정성, 뙤약볕에서 작물을 가꾸고 거둔 농부의 땀이 숨어 있습니다. 여기에 씨앗 한 톨이 싹을 틔우고 꽃을 피워 열매를 맺어 밥상에 오르기까지 햇볕의 따사로움, 목마름을 적셔주는 비, 싱그러운 바람, 쑥쑥 자라게 하는 흙…… 등. 자연의 정성이 깃들어 있습니다. 이런 관계성을 볼 줄 안다면 감사한 마음이 절로 듭니다. 감사함 속에는 이 음식을 먹고 나도 다른 이들에게 나누는 삶을 살겠다는 다짐이 들어있습니다. 생각은 행동을 만들어 냅니다. 그래서 연기적 관계를 알면 감사한 마음이 나오고, 보살심이 나오는 것입니다.

먹는 습관은 우리 일상에 고스란히 반영됩니다. 편식하는 사람은 자기가 좋아하는 음식만 골라먹듯이 일상에서도 좋아하는 일만 하고 사람에 대한 호불호가 분명합니다. 싫어하는 음식이 나오면 짜증이 나듯 싫어하는 유형의 사람이 다가오면 거북하고 싫은 티를 냅니다. 원하지 않는 일 앞에서 내켜하지 않는 마음이 먼저 일어나고 결국 그 일을 그르치기도 합니다.

밥 먹는 일은 숨 쉬는 것과 마찬가지로 태어나서 지금까지 쉼 없이 이어온 행동입니다. 밥 먹는 습관이 바뀐다면 살아가는 방식도 바뀝니다. 큰 것을 바꾸려 하지 말고 작은 것을 바꾸면 됩니다.

한문학당 아이들과 부도전까지 포행을 다녀왔습니다. 겨울 햇살이 나뭇가지 사이로 드문드문 내려오고 솔바람은 향기롭고, 앞서거니 뒤서거니 걸어가는 아이들의 재잘거림에 문득 아득해졌습니다. 오늘은 마침 한문 담당이었던 법인 스님이 잠시 자리를 비워 대신 가르쳤습니다. 오후 내내 《명심보감》에 나오는 '마음 다스리는 글'을 함께 읽고 뜻을 새겼습니다. 아이들은 그 작은 입으로 잘도 따라 합니다.

| | |
|---|---|
| 복은 검소함에서 생기고 | 福生於淸儉 |
| 덕은 겸손에서 생기며 | 德生於卑退 |
| 지혜는 고요히 생각하는 데서 생기고 | 道生於安靜 |
| 행복은 밝은 마음에서 생기며 | 命生於和暢 |
| 근심은 욕심이 많은 데서 생기고 | 憂生於多慾 |

재앙은 물욕이 많은 데서 생기며,　　禍生於多貪

허물은 경솔함에서 생기고,　　　　過生於輕慢

죄는 어질지 못하는 데서 생긴다.　　罪生於不人

두고두고 새겨볼 말입니다. 누구는 아이들이 이 뜻을 제대로 알아들었을지 걱정합니다. 그러나 아이들은 텔레비전도 스마트폰도 없고 게임도 할 수 없는 이 심심한 산속 절에서 스스로 '재미'를 만들어 대웅전 앞마당을 휘젓고 다닙니다. 겉옷도 벗어버리고 볼이 빨갛게 상기되어 펄펄 날아다니는 아이들을 보면 더 무슨 말이 필요할까요. 복과 덕이란 본래 자연스럽고, 부드럽고, 평화로우며, 착하고, 순수한 데서 나오는 것이니 말입니다.

아주 오랜만에 고향에 다녀왔습니다. 내가 태어나던 날, 아기를 받기 위해 빗속을 뚫고 새벽 밤길을 걸어왔던 산파 할머니가 백수를 다하고 떠나면서 금강 스님이 보고 싶다고, 눈 감으면 염불이라도 해줬으면 좋겠다고 했답니다.

출가한 수행자가 고향에 가기란 쉽지 않지만, 갓 태어난 핏덩이를 씻겨준 은공을 갚기 위해 목탁과 요령을 챙겨들고 한밤중 고향 마을을 찾았습니다. 교교한 달빛이 흐르는 풍경이 옛날과 똑같았습니다. 탯자리집을 지나 마을 꼭대기집에 이르렀습니다. 온 마을 사람들이 나를 기다리고 있었습니다. 향 꽂고, 절 올리고, 염불하는 사이, 마을 사람들은 두 손을 모으고 따라 했습니다.

그런데 마을에 상을 당하면 가족과 마을 사람들이 모이는 게 당연하지만, 좀 이상했습니다. 내가 어릴 때 보았던 마을사람들이 모두 그대로 있었으니까요. 그동안 아무도 마을을 떠나지 않은 것인가? 신기해서 물어

봤습니다. 답을 듣고 아! 감탄했습니다. 그러니까 마을에 이런저런 일이 생기면 마을을 떠나 멀리 사는 사람도 잠시 마을로 돌아온다는 것이었습니다. 서울에서, 부산에서, 광주에서 말이지요.

중국의 마조도일 스님은 수행자는 고향에 가지 말라고 했습니다. 너 누구네 아들이지, 하면서 옛 이야기하며 낮춰 본다는 게 이유였습니다. 그런데 마을 어른들은 나에게 다가와 존대하고 허리를 굽혔습니다. '부디 큰 도를 이루어 부처님 되시길 바랍니다.'라고 하면서요.

돌아오는 새벽길, 눈물이 흐르다가 웃음이 터져 나왔습니다. 누가 보았으면 혼자 울고 웃는다고 이상하게 여겼을 테지요. 그건 기쁨과 감사가 뒤엉킨 눈물과 웃음이었습니다.

항시 평화롭고 여유롭게, 아름다움을 느낄 줄 아는 나의 심성이 어디서 비롯되었나 했더니 이렇게 따뜻한 마음을 가진 사람들 틈 속에서 자랐기 때문인가 봅니다.

무
아

비움으로써 쓰임새가 생기다

수년 전, 대흥사를 지나면서 문득 이런 생각이 들었다.
'집에서 해주는 밥 먹고 편히 학교에 다닐 수 있었는데
내가 왜 그때 출가를 했을까.' 어린 마음에, 도道의
길에 빨리 들어가고 싶어 조급했던 그 시절이
떠올라 웃음이 났다.

그런 조급함도 있었지만 한편으로 무거운 마음이
든 적도 있다. 바로 '어머니'라는 존재 때문이다.
사남매 중 셋째인 나는 '해인사로 가 한 3년 공부하고
오겠다'는 말을 어머니에게 남기고 집을
나왔다. 행자 생활을 하던 어느 날 받은 편지 한 통,
어머니의 글씨만 보고도 눈물이 쏟아져 아무도 몰래
학사대 뒤로 넘어가 봉투를 뜯었다. '군대 신체검사를
받으라'는 간단한 내용이었는데도 얼마나 펑펑
울었는지 모른다.

있음과 없음,
모두를 보라

當 無 有 用

발심하여 출가하는 일은 큰일 중에 큰일이다. 삶에 대한 온갖 욕망을 끊고 자식에 대한 부모의 기대마저 야멸치게 끊고 세상을 떠나는 것은 보통 어려운 일이 아니다. 출가란 모름지기 어제를 떠나 오늘을 사는 것이고, 전생을 떠나 이생을 사는 것이라는 고매한 가치가 있지만, 그런다 해도 모든 욕망을 내려놓기란 참으로 어렵다.

어릴 적 부모님을 따라 캐나다로 이민을 갔다가 다시 한국으로 돌아온 청년이 출가하러 왔다. 외국에서 학창시절을 보내고 한국에서 군생활, 직장생활을 하면서 녹록치 않은 삶을 산 그는

《나의 행자생활》이라는 책을 읽고 수행자의 삶을 선택하게 되었다고 했다. 1주일 동안 하루 천 배씩 절을 하라고 했다. 절은 긴장한 몸을 부드럽게 풀어주고 조화롭게 회복시켜주는 좋은 수행법이다. 또 그동안 삶의 길에서 쌓은 경험과 지식, 습관들을 온전히 비우기에 가장 적절한 수행법이기도 하다.

절을 하면서 과거 현재 미래의 수많은 일들과 사람들과 말들이 떠올랐다가 사라진다. 몸이 느끼는 고통, 마음속에서 일어나는 갈등을 한 번에 휘휘 저어 비워낸다. 욕심이 비워지고 화가 비워지고 고집스러움이 비워지는 순간, 몸은 청정해지고 고요함으로 채워지고 지혜로운 눈이 생긴다. 절을 통해 몸을 낮추고, 비우고, 가벼워지는 체험은 매우 중요하다. 수행의 길에 첫 번째로 필요한 덕목인 '비어있음'을 체득할 수 있기 때문이다.

오래전 절 아랫마을에서 '작은 학교 살리기 운동'을 하며, '꿈을 담는 도서관'이라는 글귀를 신영복 선생으로부터 받아 현판을 단 일이 있다. 전교생 다섯 명인 폐교 직전의 분교가 10여 년의 세월이 흐르는 동안 많은 이들의 노력으로 학생 수 75명의 본교로 승격했다. 어느 날 신영복 선생이 변방까지 찾아와 나에게 맞는 글귀 같다며 '당무유용當無有用'이라는 글씨를 불쑥 내밀었다.

"진흙을 이겨서 그릇을 만들지만 그릇은 그 속이 '비어있음

(無)'으로 해서 그릇으로서 쓰임새가 생깁니다. 유有가 이로움이 되는 것은 무無가 용用이 되기 때문입니다. 찻잔 한 개를 고르는 우리의 마음을 반성하게 합니다. 우리가 주목하는 것은 모양이나 무늬 등 그것의 유有에 한정되어 있을 뿐 그 비어있음에 생각이 미치는 경우는 드뭅니다."

비어있음으로 쓰임새가 있다는 말은 육조 혜능 대사의 '정定과 혜慧가 둘이 아니다.'라는 말과 유사하다. 고요함 속에서 지혜가 나온다. 번뇌와 망상이 가득하면 고요할 틈이 없고, 지혜가 생겨날 틈이 없다. 우리가 선 수행을 하면서 깊은 선정에 들었을 때의 효과를 적적성성으로 표현한다. 과거의 생각과 미래의 생각과 지금 붙잡고 있는 집착들이 고요해지는 상태, 곧 번뇌가 멈추는 수행과 나를 비우는 무아적 통찰이 이루어져야 윤회의 원인이 끊어진다. 텅 빈 충만이라고 해도 좋다. 번뇌와 망상과 나에 대한 집착이 텅 비고, 지혜와 자비심이 충만해지는 깨달음의 상태가 되는 것이다. 이러한 선정 수행은 도덕적 엄정함을 발달시키고, 진리에 대한 이해를 높이고, 다른 사람들을 잘 돕는 방법을 터득하게 한다.

한 달에 한 번 교도소 법회를 다녀온다. 수인들의 눈빛에 가득 담겨 있는 답답함이 안타까울 때가 여러 번이다. 누군가를 원망하고, 누군가를 의지하고 싶고, 현실에서 벗어나고 싶어 하는 마음이 가득한 그들의 눈빛에는 한순간도 고요할 틈이 없다. 잠시라도 고요한 마음 상태를 느끼고 선정의 마음을 갖도록 지도해 보지만 늘 제자리다. 고요할 수 없는 환경의 에너지가 지배하고 방해하기 때문이다. 시끄럽고 복잡하고 혼란스러운 마음을 비우고 쉴 수 있는 절호의 기회인데도 말이다. 어쩌면 참선 수행은 교도소 수인들에게 가장 필요하고 효과도 높을 것이다. 언젠가는 그들과 함께 정定을 체험하는 참선 프로그램을 진행해보리라, 마음먹는다.

나는 삼계의
어디쯤에 머물고 있는가

無 所 有

달라이 라마는 선정禪定 수행이 윤회와 직접적 연관이 있다고 설명한다. 윤회 세계는 존재적으로 욕계欲界, 색계色界, 무색계無色界 세 영역으로 구성되어 있다. 욕계는 욕망의 영역으로 욕망을 좇아 업을 지으며 살아가는 세계이며, 색계는 깨끗한 물질로 이루어진 세계, 무색계는 그 형상조차 없는 순수한 세계를 말한다. 보통 우리가 사는 세계가 욕계라고 할 수 있다.

이에 견주어 마음의 영역으로 표현하면 욕계심, 색계심, 무색계심으로 말할 수 있다. 욕계심은 안이비설신의, 눈과 귀, 코와 혀, 몸이 이끄는 대로 욕망에 이끌려 사는 것이다. 색계심은 그 욕망이 배제된 의식이며, 무색계심은 모든 분별조차 사라진 자유로운 세계를 말한다. 마음의 영역은 마음의 상태인 반면, 존재의 영역은 중생들이 태어나는 곳을 말한다. 예를 들어 욕계심은 욕계에 태어난 사람의 마음 상태이며, 색계심은 색계에 태어난 존재들이 가진 마음 상태이다.

또 마음의 세 영역은 수행의 단계로도 구분할 수 있다. 욕계에 사는 인간이 깊은 선정을 닦아 삼매에 들어갔을 때 그의 마음은 색계심이 되고, 그 선정이 더 깊어지면 무색계심이 되기도 한다. 그러다 선정의 상태에서 빠져나오면 그 마음은 다시 욕계심이 된다.

만일 어떤 사람이 특정한 단계의 삼매를 성취하고 남은 삶 동안 삼매를 유지한다면, 그는 죽은 후에 그 영역에 태어나게 될 업業을 만드는 것이다. 예를 들어 어떤 사람이 무색계의 무소유처라고 불리는 마음의 영역을 성취했다면, 그는 죽은 후에 무소유천(無所有天, 일체가 무소유임을 알고 그 수행의 힘으로 태어나는 곳)에 태어나게 될 업을 만드는 것과 같은 이치다.

이렇게 볼 때 화두 수행에서 의심·의정·의단의 단계나 정중일여·몽중일여·숙면일여의 단계는 욕계심·색계심·무색계심이라는 마음의 영역에서 존재의 영역으로 윤회하는 현상과 같다. 그래서 옛 스님들은 무의식을 투과해야 윤회에서 벗어날 수 있다는 말씀을 종종 하셨다.

송나라 종색 선사는《좌선의》의 맺음말에서 간절하게 선정 수행을 해야 윤회에서 벗어나 자유자재의 삶을 살고, 죽음에도 자재하다고 말한다.

"욕계, 색계, 무색계의 범부의 경지를 뛰어넘고, 또한 성인의 경계까지 초월하기 위해서는 반드시 정定의 힘을 빌리고 있음을 알 수 있다. 앉은 채로 입적하고 선 채로 죽을 수 있는 것도 모두 선정의 힘에 의한 것이다. 한 평생을 다하여 본래면목을 밝히려고 정진해도 오히려 시간이 모자랄까 두려운데, 하물며 이렇게 게을리하여 어떻게 번뇌 망상의 업성業性을 이길 수 있으랴! 그래서 고인도 '만약 선정禪定의 힘이 없으면 달갑게 죽음의 문턱에서 항복하는 수밖에 없다.'라고 말씀하셨다. 눈을 감은 채로 한 평생을 헛되이 보내고 완연하게 생사의 고해에 유랑하게 될 것이다."

가없는 푸른 하늘에서 인연 따라 구름이 모이고 비가 내리듯이, 텅 빈 고요한 마음 가운데서 신묘한 지혜 작용이 일어난다. 고요히 있을 때는 무언가 할 일을 찾기보다는 그냥 고요고요 할 줄 알아야 한다.

도
반

좋은 벗은 생기지 않은 악도 사라지게 한다

해인사 행자 방의 규율은 엄격하기로 소문나 있지만,

내가 행자 하던 시절에는 서로에 대한 애정이

가득 했었다. 일찍 출가한 나는 그들 중에

가장 나이가 어렸다. 그러나 위아래 할 것 없이

우리는 서로 챙겨주고 아껴주었다.

행자시절을 끝내고 그때 같이 계를 받은 도반이

모두 열 넷, 제방에서 가장 공부 열심히 하는 스님들로

소문이 자자했다. 서로에게 거울이 되어주었던 것일까.

훌륭한 도량에서 좋은 도반들을 만난 나는

참 복 있는 사람이다.

좋은 것을 보면
누군가와 자꾸 나누고 싶다


修 行 道 伴


아침 일찍 국제전화가 왔다. "스님과 같이 법문을 들어야 하는
데⋯⋯, 나 혼자 와서 미안해서 전화를 합니다." 남인도에서 열흘
동안 달라이 라마 람림법회에 참석한 여수 석천사 진옥 스님의
전화였다. 그 시간 인도는 이른 새벽일 터, 수행 이력이 10년이나
선배인 존경하는 스님이 먼 곳에서 잊지 않고 전화를 주니 기쁘
고 고맙고 좋았다.

진옥 스님은 달라이 라마 스님을 20년 가까이 모시면서 한
국인 법회를 이끄는 분이다. 그럼에도 한국에 달라이 라마를 알
리고 방한을 추진하는 일에는 나를 앞장세운다. "나는 어차피 도

울 테니 중도적인 스님이 앞장서 주면 더 좋지 않습니까." 그 따뜻한 마음에 감동하여 어려워도 함께 가는 마음을 기꺼이 낼 수 있다.

거꾸로 내가 좋아서 도반스님에게 함께하기를 권한 적도 있다. 오래전 백양사 운문선원에서 동안거에 들었을 때였다. 선원에서 참선을 하는데 공부가 잘 되어 크게 기뻤다. 그때 문득 떠오르는 얼굴이 있었다. 오랫동안 인연을 이어온 법인 스님이다. 만나면 늘 공부 이야기로 날밤을 세우던 도반을 두고, 나 혼자 선방에 앉아 있는 것이 못내 미안했다. 선원에서 함께 정진하면 큰 도움이 될 것 같아 해제가 되자마자 법인 스님을 찾아가 마음을 털어놓았다.

"공부하는 동안 스님 생각이 많이 났습니다. 다음 철에는 선원에 가서 함께 정진합시다."

스님은 기꺼이 동의했다. 물론 이듬해 동안거에는 함께 정진하면서 숲속 포행도 하고, 공부에 관한 이야기도 깊이 오래 나누었다. 지금도 우리는 좋은 책을 읽으면 권하고, 좋은 글 쓰면 서로 보내주며 칭찬하고 경책하며 지내고 있다.

8일 동안의 참선집중수행 프로그램을 10년 넘게 진행하다 보니 여러 가지 새로운 모습을 보게 된다. 부인이 남편을 데려오고, 아버지가 아들과 함께 수행하러 온다. 친구나 직장동료가 함께 오고, 연인을 데려오기도 한다. 먼저 참선을 경험해보고 가치를 알게 된 이들이 다음에 올 때는 가까운 사람들과 함께 찾아오는 것이다.

수행 면담을 하는 중에도 자주 듣는 말이 있다. "우리 엄마가 오면 좋겠어요." "다음에는 남편과 꼭 오고 싶어요." 좋은 것을 다른 이들과 나누고 싶어 하는 그들은 참 행복하고 좋아 보인다. 다음에 정말 그들이 말한 이들과 함께 오는 모습을 보면 왠지 더 당당해 보이고 수행도 더 적극적으로 한다. 세상 모든 이들이 돈과 직위, 이해관계로 대하는 대신 이렇듯 수행의 도반으로 만나 공부하면 좋겠다.

강진에는 2백여 년 전, 다산 정약용과 아함혜장 선사가 백련사에서 다산초당까지 걸어간 유명한 길이 있다. 다산은 신유년(1801년)에 천주교 박해로 옥사를 당해 형은 흑산도로 자신은 강진으로 유배를 오게 되었다. 처음 4년 동안은 원망과 분한 마음을 가누지 못하여 주막집에서 술로 세월을 보냈다. 그러던 어느 날(1805년 가을) 백련사 아암혜장 선사와 대면을 하게 되었다. 선사는 다산을 강진읍 뒤에 있는 고성사高聲寺로 옮겨 살게 해주었다. 그리고 술 대신 차를 권하였다. 다산이 혜장 선사에게 차를 보내달라고 쓴 편지에 이런 내용이 있다.

"나그네가 요사이 차를 탐식하게 되었고, 겸하여 건강의 약으로도 충당합니다. 독서 중의 묘한 버릇은 육우의 《다경茶經》 세 편을 완전히 통달하여 병중에도 건강한 누에처럼 노동盧同의 일곱 잔 차를 다 마셨습니다. 작은 구슬 같은 눈발이 날릴 때에 산사에서 등불 켜고 자순차의 향기를 맡고자, 활활 타는 불로 새 샘물을 길어다 끓이니 들에서 먹는 상서로운 맛입니다. 내가 듣건대, 고해의 좋은 양식은 시주의 보시가 가장 중하고, 명산의 차는 초단艸端의 으뜸을 가만히 보낸다고 하였으니 마땅히 내가 목마르게 바라는 것을 생각해서 은혜 베풀기를 아끼지 마시오."

편지 가운데 '노동의 일곱 잔 차'는 당나라 시인 노동의 시로 차 일곱 잔의 기쁨을 노래한 시다. "첫 잔은 입술과 목이 촉촉해지고 두 잔은 외롭고 갇힌 마음이 사라지고 석 잔은 온 몸에 차의 향기가 그득해지고 넉 잔은 가벼운 땀이 솟으며 일상의 불평이 털구멍으로 흩어지며 다섯 잔을 마시니 살과 뼈가 맑아지고 여섯 잔을 마시니 선령과 통하였다. 그리고 일곱 잔은 마시기도 전에 겨드랑이에 맑은 바람 솔솔 일어나네." 차를 마시면서 우주와 하나 되는 경계를 노래한 시다.

아함과 정약용, 좋은 도반은 차와 같지 않을까.

강진에서 다산은 혜장 선사를 만나 술로 달래던 원망을 차로 치유하고, 이후 혜장 선사가 살던 인근에 다산초당을 짓고 왕래하며 400여 권의 책을 썼다.

같이 못 가도 함께 못 가도
무소의 뿔처럼 혼자서 가라

成 我 者 朋 友

부처님은 일생에 좋은 도반을 만나는 것은 수행의 전부라고 했
다. 고승들의 글을 모아 엮은《치문경훈緇門警訓》에도 '나를 낳아
준 이는 부모요, 나를 완성시켜 주는 이는 벗이다.'라고 했다.

　　그러나 잘못 만나는 도반도 있다. 불교 우화에 이런 이야기
가 있다. 옛날 한 스님이 매일 산에 올라 큰 나무 밑에서 좌선 수
행을 하였다. 점심 도시락을 먹고 있는데 원숭이 한 마리가 다가
와서 밥을 조금 나누어 주었다. 다음날부터 점심 무렵이면 원숭
이가 어김없이 찾아왔고, 스님은 기꺼이 도시락을 나누어 주었
다. 며칠이 지나자 원숭이는 스님보다 일찍 와서 좌선 자세로 앉

아 있었다. 스님과 원숭이는 단짝이 되었다. 수개월이 지난 어느 날 스님은 도시락을 깜빡 잊고 산에 올랐다. 스님은 '끼니 한 번 거른다고 죽기야 하겠나?' 하면서 늘 앉는 자리에서 좌선을 시작했다. 그런데 점심때가 되었는데도 도시락을 꺼내지 않자 원숭이가 스님의 소매를 잡아 당겼다.

"원숭이야, 미안하구나. 오늘은 도시락을 두고 왔구나."

그러자 원숭이는 화를 내기 시작했다. 급기야 이빨을 드러내고, 날뛰다가 스님의 가사를 벗겨 나무 위로 올라가 갈기갈기 찢었다. 스님은 머리끝까지 화가 났다.

"너는 지금까지 내가 베풀어준 친절을 잊고 지금 무슨 짓을 하는 게냐?"

그러고는 나무토막을 던졌는데 그만 원숭이가 그 자리에서 죽고 말았다. 원숭이는 좌선을 바란 것이 아니고 단지 점심을 바란 것뿐인데, 스님은 살생을 하기에 이른 것이다.

《잡아함경雜阿含經》〈선악지식경善惡知識經〉에 부처님은 좋은 도반과 나쁜 도반을 이렇게 말하고 있다.

"비구들아, 악지식惡知識, 나쁜 도반, 나쁜 일을 따르는 이를 만나면, 아직 생기지 않은 나쁜 뜻, 나쁜 말, 나쁜 행위, 나쁜 생활, 나쁜 방편, 나쁜 생각, 나쁜 선정을 생기게 하고, 이미 생긴 것은 거듭 생겨나게 하여 더욱 많아지게 하느니라. 비구들아, 선지식

善知識, 훌륭한 도반, 착한 일을 따르는 이는 아직 생기지 않은 나쁜 견해는 생기지 못하게 하고, 이미 생긴 나쁜 견해는 사라지게 하며, 아직 생기지 않은 나쁜 뜻, 나쁜 말, 나쁜 행위, 나쁜 생활, 나쁜 방편, 나쁜 생각, 나쁜 선정을 생기지 않게 하고, 이미 생긴 것은 사라지게 하느니라. 이미 생긴 악하고 착하지 않은 법을 사라지게 하는 데는 이른바 선지식, 훌륭한 도반, 착한 일을 따르는 것 이외에 다른 그 어떤 법도 나는 아직 보지 못했다."

도반을 생각하다가 문득 범능 스님의 부드러운 노랫소리가 떠오른다.

가라. 좋은 벗 있으면 둘이서 함께 가라.
가라. 좋은 벗 없으면 버리고 홀로 가라.
달빛엔 달처럼 별빛엔 별처럼 바람 불면 바람처럼 가라.
내가 나에게 등불이 되어 그대 홀로 등불이 되어
같이 못 가도 함께 못 가도 무소의 뿔처럼 혼자서 가라.

대
의
단

생사의 끝, 벼랑까지 밀어 붙여 보았는가

미황사 대웅전 뒤편으로 10여 분 정도 가파른

산길을 오르면 소림굴이라는 조그마한 토굴이 나온다.

대중을 떠나 혼자 오롯이 공부하는 수좌스님들이

1~2년씩 수행에만 전념하는 곳이다. 10여 년 전에

해인사 도반인 원장 스님이 살았을 때 이야기다.

스님은 젊은 시절 용맹정진 하느라 치아가 들떴지만

아랑곳 않고 공부하다 치아가 두 개만 남기도 했다.

스님은 토굴에 기거하면서 하루 한 끼 공양 때만

아래 큰절에 내려왔다. 비가 오나 눈이 오나

단 하루도 거르지 않았다. 환갑이 가까운 나이에도

대중선원에서 수행하듯 혼자서 용맹정진을 묵묵히 했다.

처음 토굴에 올라갔을 때 일이다.

참선공부에 들어가기 전에 당신의 은사인 성철 스님이

설한 100일 법문을 녹음기로 한 달 동안 듣고 또 들었다.

다 듣고 나서는 수행에 대한 신심과 스승에 대한

감사의 마음이 가득하여 그만 녹음기를 앞에 놓고

삼배를 올렸다.

큰 스승은
그림자까지 가르침이다

眞 實 自 己

지난해부터 조계종 5대 종정을 지낸 서옹 대종사의 수행법에 관한 연구논문을 쓰고 있다. 스님의 행적과 자료들을 꼼꼼하게 수집하고 찾는 과정 하루하루가 재미있다. 이야기로만 전해 들은 서옹 스님의 〈진실자기眞實自己〉라는 논문을 찾았을 때는 더없이 기뻤다.

〈진실자기〉는 일본 교토의 임제대학 유학시절, 1943년 졸업하면서 쓴 논문이다. 당시에는 교토학파의 다나베 하지메의 불교학이 유명했다. 〈진실자기〉는 하지메의 〈정법안장正法眼藏〉을 반박하고 오류를 잡아낸 것으로 큰 반향을 일으켰다. 당시 학부

생에 불과했던 서옹 스님의 논문은 일본 불교학계에 진보된 이론으로 받아들여져 대학원 교재로 채택되었고, 이는 신화가 되어 지금까지 전해지고 있다.

10여 년 전 임제대학에서 박사학위를 받은 한 스님이 말하기를, 서옹 스님이 졸업한 지 60년이 지났지만 아직도 모든 학생들이 '서옹 스님' 이름만 들어도 존경하는 마음을 내고 있다고 했다. 70년이 지난 대학졸업 논문이 과연 학교에 남아 있을까 싶어 포기했는데 다행히 누군가가 찾았다고 해 메일로 전해 받을 수 있었다. 250자 원고지에 쓰인 단정한 펜글씨는 그 자체만으로도 감동적이었다. 일본어를 잘 아는 법장 스님에게 번역을 부탁하여, 하나하나 원문과 대조하며 읽어 내려갔다. 현대철학의 한계와 더불어 선에 관한 상세한 정리가 명확했다. 논문을 모두 읽은 뒤 벅차오르는 마음으로 원고와 번역문을 불단에 올리고 삼배를 올렸다.

스승을 받드는 것은 그 법을 받드는 일이다. 가까이에서 모실 때에는 마치 숟가락이 국 맛을 모르듯 귀함을 몰랐다. 아니, 내가 큰 스님에 대한 상相을 크게 만들어놓고 실망하고, 좋아하기를 반복하는 경우가 종종 있었다. 그리고 세월이 한참 흐른 뒤에야 스승의 흔적 속에서 큰 자비심을 발견했는데, 그 순간은 나의 어리석음을 깨닫고 새로운 발심을 하는 계기가 되기도 했다.

비약,
매달린 절벽에서 손을 떼다


飛　躍


평소 참선 수행을 지도하다 보면 가장 어려운 부분이 대의단大疑
團을 일으키게 하는 것이다. 대의단은 참선 수행의 처음과 끝이
라고도 할 수 있다. 화두를 붙들고 앉아 온갖 경계와 벽을 넘어 마
침내 화두의심이 커져 옴짝달싹할 수 없는 지경에 이른, 마치 풍
선이 터지기 일보 직전의 상태가 대의단이다.

　　나는 산에서 스님들이 수행하는 것도 중요하지만, 치열한
삶의 현장 속에서 살아가는 현대인들에게도 수행이 절실하다고
생각한다. 삶에 대한 진지한 고민을 묻고 또 묻다 보면 결국 죽음
이라는 한계 상황에 부딪친다. 이런 생사 문제를 어떻게 풀 것인

가, 고민하고 몸부림칠 때 절대 이율배반과 절대 긴장이 나온다. 절대 긴장이 절정에 달했을 때 진실한 자기 생명의 치열한 참구參究가 이루어진다.

이러한 때를 〈진실자기〉에서는 '전 세계에 불이 난 것과 같다.'고 비유하고, '전 세계에 불이 난 것과 같은 긴박함과 절실함을 느낄 때 절대 모순은 정점에 도달한다.'고 한다. 여기에서 참구할 것도 없고 참구될 것도 없는 상태일 때 대의단에 들어가게 된다고 자세히 설명하고 있다. 늘 초심자들을 지도하면서, 어떻게 하면 발심을 일으키게 할까 고민했는데, '전 세계에 불이 난 것과 같다.'는 문장에서 크게 한 번 비약飛躍하는 마음을 얻을 수 있었다.

〈진실자기〉에는 대의단의 상태를 자세히 설명하고 있다. ① 오직 절대모순 그 자체이다. ② 그 순간, 전 세계는 해체된다. ③ 생사도 없으며, 착하고 악함도, 더러움과 깨끗함도, 참됨이나 거짓도 없다. ④ 인류도 허공도 사라진다. ⑤ 절대위기가 저절로 해소된 것이다. ⑥ 심리적인 마음도 정신적인 마음도 없는 것이다. ⑦ 아무것도 없다는 의식도 없으며, 아무것도 없다는 의식도 없다고 하는 것도 없는 것이다. ⑧ 내적 차별을 초월하고 외적 대립을 초월했다는 것도 없는 것이다. ⑨ 능소(能所, 어떤 행위의 주체와 그 행위의 목표가 되는 객체)를 초월하고, 이름 지을 수도 없고, 형용할 수도 없으며, 일체를 초월하고 있다.

　　이러한 대의단의 경지를 선가에서는 동중일여(動中一如, 일상 생활을 하는 가운데 의단), 몽중일여(夢中一如, 꿈을 꾸는 속에서의 의단), 숙면일여(熟眠一如, 깊은 잠 속에서의 의단)라고 표현한다. 수행 중의 마음 상태나 경지를 언어로 표현한다는 것은 참으로 어려운 문제이다.

불을 켜는 순간 차별 없이
구석구석 밝아지다

平 等 全 一

서옹 스님의 또 다른 책인《임제록연의臨濟錄演義》를 읽다가 '비
약飛躍'이라는 말에 정신이 번쩍 들었다. 비약은 뛰어서 날아오른
다는 말이다. 점차적인 것이 아니라 한순간 차원을 달리한다는
말이다. 돈오돈수頓悟頓修의 다른 표현이다. 우리가 일상적으로
안고 있는 문제들을 가슴에 안고 이리저리 궁리한다고 해서 그
문제가 해결되지는 않는다. 이때는 추측과 상상의 답만이 나올
뿐이다.

　　나는 그래서 '향상'이라는 말을 자주 쓴다. 자신을 향상시켜
야 비로소 풀린다. 향상이나 비약은 점차적으로 습득해서 얻는

과정이 아니다. 그래서 비약이라는 말이 적절하다.

　서옹 스님은 생전에 '투과透過'라는 표현도 자주 쓰셨는데 이 말도 적절하다. 의식과 무의식, 생사와 모든 일체를 투과할 때 차별하는 마음이 없는 절대 평등에 이른다는 것이다. 이러한 때를 스님은 '구석구석까지 밝게 빛나는 평등전일(平等全一, 모든 것이 하나로 평등함)'이라 했다.

　8일은 짧은 기간이지만, 대의단을 체험하고 큰 힘을 얻어 집으로 돌아가는 이들도 더러 있다. 세상의 고달프고 아픈 현실이 그들을 절대 긴장 속으로, 더 이상 나아갈 수 없는 절벽에 내몰았으되, 마침내 이곳 땅끝에서 생사투의 마지막 벼랑에 선 심정으로 수행하여 큰 힘을 얻어 가게 된 것이다.

　이 여름, 고뇌하는 현대인들의 의식 향상과 삶의 향상에 도움을 주고 싶은 마음에 분주하기만 하다.

깨
어
있
기

그냥 죽겠는가 눈을 뜨겠는가

"……나도 이제까지 맹인으로 지팡이를 짚고
다니면은, 어디로, 갈 줄을 아느냐. 올 줄을 아느냐.
나도 오늘부터, 새 세상이 되었으니, 지팡이 너도,
고생 많이 하였다. 이제는 너도, 너 갈 데로 잘 가거라.
피르르 내던지고, 얼씨구나 얼씨구나, 좋네 지화자자,
좋을시구."
판소리 〈심청가〉를 듣다가, 심 봉사가
눈 뜨는 대목에 이르러 그 자체가 굉장히 멋진
법문이라는 생각이 들었다.
앞을 볼 수 없도록 세상에 태어났다면, 세상을 한 번도
본 적이 없다면 눈감고 체념한 채 살아가기 마련이다.
그러나 내가 보지 못한다고 세상이 없는 것은 아니다.
어렵더라도 눈을 떠야 하는 이유다. 하물며 눈뜬
세상이 어떤 줄 안다면 온갖 어려움에도 기필코
떠야 하지 않겠는가.

있는 그대로

차별 없음에 답이 있다

<br>

不 二

여름이 오면 일거리가 늘고 바빠진다. 내 욕심이 많아서인지도
모르겠다. 3개월 동안 8일 간의 수행 프로그램이 7번. 사찰 한 곳
에서 다 할 수가 없어 여기저기 이동하면서 한다. 미황사에서는
한문학당과 참선 수행을, 홍천에서는 무문관 수행, 서산에서는
구참자 수행을 진행한다.

　　지난해 참가자 가운데 자살예방센터에 근무하는 분이 있었
다. 그는 자신이 오랫동안 상담해주던 내담자가 자살한 일로 마
음의 상처를 크게 입었다. 그와 이야기하면서 우리나라 자살율이
30분에 한 명꼴이라는 사실에 크게 놀랐다. 우리나라가 OECD

국가 중 자살률 1위라는 말을 듣고도 실감이 나지 않았는데, 막상 현장에서 일하는 분의 이야기를 들으니 심각했다. 우리나라에서 5년간 자살한 사람이 이라크 전쟁 5년간의 사망자보다 2배나 많다고 하니, 우리는 지금 전쟁보다 더 심각한 상황에 놓여 있다. 총성 없는 전쟁 말이다. 이런 현상들은 우리 사회의 지나친 경쟁과 대립에서 온다. 경쟁에서 지고 밀려난 이들이 자신의 힘만으로는 도저히 현실을 벗어날 수 없다고 판단하여 극단적 선택을 하는 것이다. 임제 선사는 '범부나 성인, 부처나 조사, 미혹함이나 깨달음, 불·보살의 지위나 위치는 물론 모든 존재의 이름과 모양에 대한 고정관념이나 차별을 초월한 무위진인無位眞人의 모습이 필요하다.'고 했다. 자타自他, 주객主客, 상하上下, 선악善惡, 미추美醜, 민족, 인종, 시공時空과 같은 분열이 없는 본위의 세계에서만 경쟁과 대립이 해결된다는 의미이다.

1998년 새해 벽두부터 IMF 외환위기로 나라가 들썩일 때였다. 그즈음 장성 백양사에서 살고 있었는데 하루는 총림의 큰 어른이신 서옹 스님이 아침 공양 후 방장실로 나를 부르셨다.

"내가 신문을 보니 나라가 망할 지경에 이르렀다. 우리도 수행자로서 가만있어서는 안 된다. 지금 우리가 해야 할 일은 무엇인지 한 번 찾아보기를 바란다."

88세 고령의 연세에도 스님은 신문을 꼼꼼히 보고 나라 걱정이 많으셨던 모양이다. 방장실을 나와 바쁘게 하루를 보내고 이튿날 아침이 되었다. 또다시 시자를 통해 방장실로 들어오라는 전갈을 받았다. 아차, 싶었다. 어제 스님께서 숙제를 내주었는데 아무 생각도 못 하고 하루를 보낸 것이다. 방에 들어서자마자 절을 올리기도 전에 스님이 물으셨다.

"어때! 생각해 봤는가."

"아니요, 아직."

머뭇거리는 순간, 스님 한마디.

"나가."

깜짝 놀랐다. 스님을 모시는 동안 언짢은 소리나 큰소리 한 번 들은 적이 없었다. 정신이 번쩍 들었다. 그 길로 당장 IMF에 대한 정보를 수집하고, 무엇이 문제이고, 사회적으로 어떤 문제가 발생하는지 찾느라 하루를 보냈다.

다음날 아침이 되어 스님이 또 찾으셨다. 이제 소가 도살장 끌려가는 심정이었다. 이번에도 머뭇거리다 쫓겨났다. 방으로 돌아와 정부와 불교계와 이웃 종교계에서 어떤 대책을 찾고 있는지 살폈다. 알음알음 기자들이나 전문가들에게 종교가 할 역할이 무엇인지 의견을 물었다. 그러고 나서 이런 시국에 내가 제일 잘할 수 있는 일이 무엇인가, 생각하여 결론을 내렸다. 당시 외환위기로 많은 실직자가 생겼다. 경제적 곤란이 오래 이어지면 몸과 마

음이 힘들 터, 그래서 만든 프로그램이 '실직자 단기출가 수련회'
였다. 실직자들이 일정 기간 산중에 머물며 참선과 기도, 울력 등
으로 자신의 삶을 돌아보고 재기의 의지를 다지도록 하는 것이었
다. 서옹 스님께서 다시 부르셨을 때 두서없이 이를 말씀드리자,
스님은 잠자코 고개를 끄덕이셨다.

실직자 단기출가 수련회는 5개월 동안 진행되었다. 처음에
다른 사찰들에 함께 해보자고 제안했지만, '절이 어수선해진다.'
는 이유로 마다하여 백양사에서만 열리게 되었다. 그 일을 생각
하면 지금도 아쉬움이 크다. 일제 강점기와 한국전쟁을 거친 이
후 불교계는 내부의 정체성 회복과 전쟁으로 파괴된 전각을 복구
하는 데 여념이 없었다. 7~80년대 민주화의 물결로 일렁일 때도
뒷짐을 졌다. 1990년 다시 어려운 시절에 이른 그때, 아름다운 풍
광을 갖춘 절집에 고단한 사람들을 머물게 하여 부처님의 지혜와
스님들의 수행법으로 짐을 덜어주고 삶의 길을 열어주었으면 좋
았을 텐데……. 많은 사찰이 동참하지 못한 것이 못내 마음에 남
아있다.

그 뒤 우리 사회의 갈등과 번뇌는 더 깊어졌다. 이를 해결하
기 위해 여러 가지 명상법이 들어오고 계발되었다. 어떤 것은 도
움이 되기도 했지만, 한편으로는 소수의 사람들만의 고급 유희로
변질되기도 했다. 안타까움이 깊다.

함께 먹고 함께 걷고 함께 명상하고
함께 이야기를 나누다


利　他　心


'실직자 단기출가 수련회'는 나에게 인생의 큰 가치와 원력을 찾는 계기가 되었다. 실직으로 사회 낙오자, 무능한 가장으로 낙인찍힌 사람들. 배신감과 원망의 굴레 속에서 자살을 떠올렸던 이들. 그들에게 불교가 희망이 되고 존재의 가치를 심어주었기 때문이다. 의사만 사람을 살리는 것이 아니라, 나도 사람을 살리는 역할을 할 수 있다는 생각에 자부심도 컸다.

　　몇 해 전, '마음의 근육을 만들다'라는 다큐멘터리 방송에 미황사의 7박 8일 명상 프로그램이 소개되었다. 방송이 나간 뒤 많은 사람들이 찾아왔지만 특히 청년들이 많았다. 그들 중엔 정신

질환으로 약물치료를 받거나 자살을 생각하고 있는 이들도 있었다. 가장 활기차고 씩씩해야 할 청춘의 시기에 끙끙 앓는 그들의 아픈 마음을 들여다보는 것은 나에게도 큰 고통이었다. 그 아픈 마음을 조금이라도 보듬어줄 수 있기를 기도하면서, 우리는 함께 밥을 먹고 숲을 걷고 명상하고 이야기를 나누었다. 딱딱하게 굳어 있던 그들의 얼굴이 조금씩 부드러워졌다.  그들이 집으로 돌아간 그 밤에 그들이 남기고 간 편지를 하나하나 읽었다. 편지 하나에 기도 하나씩, 밤이 깊어가는 줄 모른 채.

"스님 말씀대로 매일 108배를 잊지 않고 하겠습니다. 몸을 건강히 해야 본래의 마음을 들여다볼 수 있다고 하셨지요. 아! 스님께 또 감사드리고 싶은 것이 있습니다. 면담 시간에 스님 앞에서 그리 서럽게 울었던 제 모습이 어찌 보이셨을지 모르겠습니다. 누군가를 앞에 두고 그렇게 서럽게 울었던 적이 한 번도 없었어요. 그런데 이것은 제 소원 중 하나였답니다. 부담 없는 사람 앞에서 펑펑 울어보는 소원을, 생각지 않게 미황사에서 이루었습니다. 스님, 고맙습니다."

지금 전 세계는 고도성장 사회에서 이제 저성장 사회로 바뀌는 대전환의 시대에 놓여 있다. 우리나라도 같은 폭풍 속에 있다. 성장이 멈췄지만 욕망의 바탕 위에 세워진 과학 문명은 인류 멸망의 길이라는 경고의 징후들이 곳곳에 나타나지만, 권력자들은 수많은 사람들을 죽음으로 끌고 간다. 북한의 핵무기와 사드(THAAD, 고고도 미사일 방어체계) 배치는 바로 우리가 처한 현실이다. 이런 정치적 상황과 개인의 삶은 무관하지 않다. 앞으로 우리의 삶이 더 어렵고 고단해질 것이 분명하다.

과연 우리는 어떻게 살아남아야 할까? 마음으로는 누구나 평화와 행복을 원하지만 행동은 그 반대의 길을 향하는 사람들. 아직도 많은 이들이 무한경쟁과 욕망을 분출하는 사회로 내몰리고 있는 게 현실이다. 우리는 스스로 답을 찾아야 한다. 단순하고 검박한 생활, 공동체 가치 회복, 이타주의 보살행, 그 속에 우리의 답이 있다.

점점 미망으로 가는 꿈에서 깨어나게 할 방법은 없는가. 자비의 해답을 찾기 전에는 절대 문 안으로 들어오지 못하게 한 큰 스승 서옹 스님이 그립다.

공

생

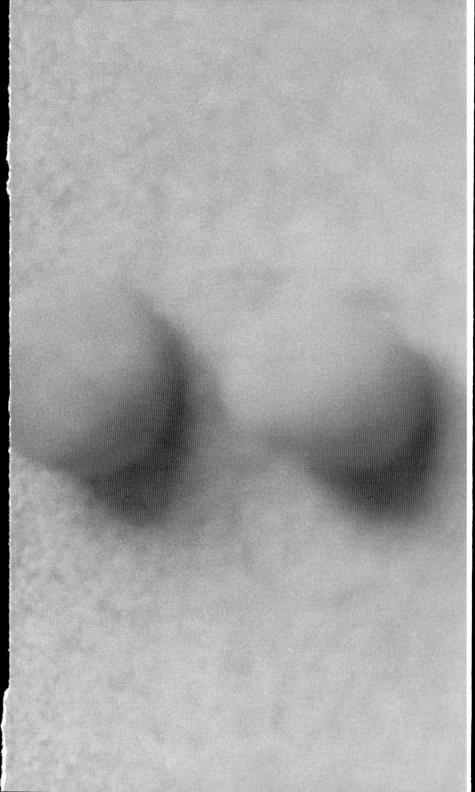

달빛엔 달처럼
별빛엔 별처럼
바람 불면
바람처럼
갑니다.

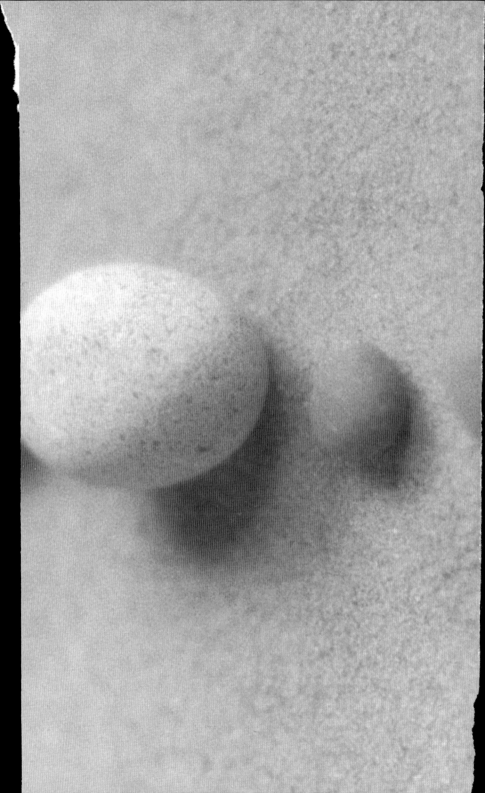

어디
나처럼
행복한
사람
있습니까。

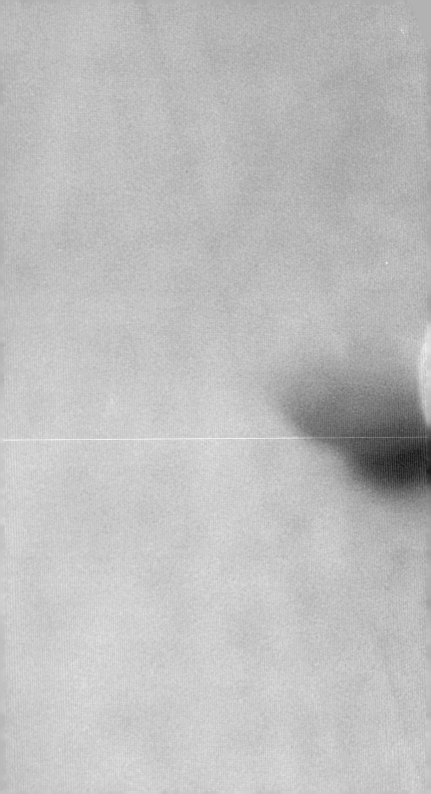

나를 보호해주는 크고 부드러운 손이 있다

저녁예불을 마치고 함께 예불한 대중들과 너른
마당에서 큰 원을 그리며, 한 걸음 한 걸음 가볍게
걷는다. 걷기 수행, 포행이다.

고요하고 평화롭다. 마당을 세 바퀴쯤 돌다 보면
발걸음도, 호흡도, 마음도 서로 통하고 있음을 느낀다.
산사의 너른 마당은 산의 빈 공간이기도 하다.
숲의 나무들, 새들, 바람, 햇살이 이 비어 있는
공간으로 자신의 그 밝은 기운을 보낸다.
맑은 공기와 새들의 노래, 잔잔한 바람과 따뜻한
햇살이 마당에 가득하다. 해질녘 붉은 노을이 도량을
감싸 안을 때는 신비롭기까지 하다.
이는 자연스러운 현상이다. 올바름을 향한 기운이다.
산사의 마당을 천천히 걷다 보면 산의 맑고 밝은
자비심이 온몸을 씻어주는 듯하다.
시원하고 맑다. 같이 살아가고 같이 만들고 나누는
공동체의 자비심이 이런 것일까.

천 개의 마음마다
천 개의 부처님이 깃들다


拈　華　微　笑

자비의 기운은 온 세상에 가득하다. 그 복을 누리는 것은 비어 있
기에 가능하다.《증지부增支部》에서는 자비의 공덕에 대해 이렇
게 이야기하고 있다.

　　"수행자들이여, 마음을 해탈로 이끄는 보편적 사랑(자비해탈
慈悲解脫, mett-cetovimutti)을 열심히 닦고, 발전시키고, 꾸준하게 다
시 챙기고, 그것을 탈 것으로 삼으며, 삶의 기반으로 삼으며, 완전
히 정착시키고, 잘 다지고, 완성시키면 다음과 같이 열한 가지의
복을 기대할 수 있다. 편안히 잠자고, 즐겁게 깨어나며, 악몽을 꾸
지 않는다. 사람들의 아낌을 받고, 사람 아닌 존재로부터도 아낌

을 받는다. 천신들이 보호해주며, 불이나 독극물, 무기의 해를 입지 않는다. 그의 마음은 쉽게 정定을 이룰 수 있으며, 얼굴 모습은 평온하고, 임종 때도 흐트러지지 않는다. 그리고 설혹 더 높은 경지를 못 얻더라도 최소 범천의 세계에는 이를 것이다."

보편적 사랑은 평등한 자비심이다. 석가모니 부처님은 계급 차별이 고착화된 시대에 길에서 길로 걸식하고 다니며 가장 평등하고 이상적인 승가공동체라는 모델을 만드는 데 전심전력을 기울였다. 그것이 바로 자비의 마음이다.

선禪의 역사는 무문혜개 스님의 《무문관》 제6칙에 나오는 '세존이 꽃을 들어 보이자 가섭 존자가 미소 짓는 이심전심의 미묘한 법'에서 시작되었다.

"세존인 석가모니불이 영산회상에서 법을 설하셨다. 그때 세존이 한 송이 꽃을 들어서 대중에게 보였다. 이때 대중은 말없이 잠잠한데, 다만 가섭 존자만이 빙그레 미소 짓는다. 이에 세존이 말씀하시기를 나에게 정법의 안목이 갖추어졌고, 열반에 이른 미묘한 마음이 갖추어졌으며, 상相이 없는 실상인 불가사의한 법문이 있느니라. 이는 문자를 세우지 아니하고 말 밖에 따로 전하는 법이니 이를 마하가섭에게 부촉한다."

깨달음을 얻은 부처님의 모든 모습과 행동은 부처의 행위이다. 쉽게 이야기하면 말하고, 걷고, 앉고, 눕고, 밥을 먹는 그 모든 순간마다 깨달음의 행위와 깨달음의 마음 아님이 없다는 것이다. 그런데 대중들 앞에 또다시 꽃을 일부러 들어 보이신 것은 큰 자비심이다. 또한 그 행위가 2,500년이 지난 지금의 시대에도 어리석음을 깨우는 큰 화두가 되었을 때는 그 자비가 살아있음을 느끼게 된다. 수행자는 그 자비심을 만날 줄 알아야 한다. 서옹 스님은 말씀하셨다.

"참선은 불교의 근본으로 사람들의 많은 문제를 해결해 주는 수승한 공부법이다. 생사生死가 없어지고 자비심으로 인간 행복의 길을 찾는 데 참선만한 것이 없다."

곧 참선의 목적은 자비심과 자비심의 실천에 있다. 모든 존재는 자비와 화합의 바탕으로 함께 공존해야 한다. 한량없는 자비심이 바탕이 되어 서로 신의를 지키며 존중하고, 서로 도와 평화로운 세계를 만들어가야 한다. 사람들이 서로를 속이거나 다치게 하고 착취하는 범죄와 전쟁, 인간과 자연 간의 마찰과 부조화로 파괴되는 환경과 생태계 오염까지 그 동체대비同體大悲의 대상이다. 동체대비는 무엇인가. 한 몸으로 슬퍼한다는 뜻. 부처님은 중생에게 자비를 베푸는 것이 중생이 불쌍해서가 아니라 부처님과 같은 존재이기 때문이라고 하셨다. 너도 부처, 나도 부처, 너와 나는 다르지 않으므로 남에게 베푼 자비는 곧 나에게 베푼 것. 다시 말하면 자비에는 그 어떤 조건도 따라서는 안 되며, 베푼다는 말도 의미가 없는 것이다.

고려불화 전시회에 갔다가 초등학생을 만났다. 소년은 불화 두 점에 나란히 적힌 제목을 번갈아 보면서 중얼거렸다.

"수월관음도와 천수천안관음도는 어떻게 다르지?"

스님인 내가 답을 해주기를 바라는 눈치였다. '천수천안관음도'는 천 개의 손과 천 개의 눈으로 중생들의 염원을 살피고 돕는 대자대비한 관세음보살의 모습을 실제로 나타내기 위해, 천 개의 손을 그리고 그 손마다 눈을 그려 넣은 그림이다. 같은 의미를 가지고 있지만 그에 비해 '수월관음도'는 선적禪的이다. 천강유수천강월天江流水天江月에서 온 말이다. 밤하늘의 달은 하나인데 천 개의 강에 천 개의 달이 떴다는 것이다. 우리는 무수하게 많은 것들로부터 보호받고 도움의 손길 속에 살아간다. 아침에 만나는 햇살, 부드러운 바람과 달고 맛있는 물, 단단한 땅과 포근한 집, 부드러운 옷과 다정한 사람들. 이 모든 것들이 어찌 천 개의 손길뿐이겠는가?

달빛이 가슴에 흘러들듯
좋은 일하는 데 무슨 원칙이 있을까




慈　悲　解　脱


아침 공양을 마치고 멀리 삼척에서 온 도반과 차 한 잔을 마시며
옛 이야기 두런두런 하고 있었다. 산중에 별안간 기계음이 요란
하게 들리기 시작했다. 자세히 들으니 한둘이 아니다. 무슨 난리
가 난 듯했다. 문을 열고 부리나케 마당으로, 소리 나는 곳으로 뛰
어나갔다. 모두 아홉 명의 청년들, 아니 육칠십이 넘으신 노인들
이 등에 예초기를 메고 윙윙, 절 입구에 수북한 풀들을 쳐내고 있
었다. 내가 나타나니 본체만체 한 손을 들어 인사할 뿐. 이야기인
즉 이랬다.

　어제 마을 경로당에 노인들이 소나기와 햇볕을 피해 여럿이

모였다. 박말수 할아버지가 먼저 이야기를 꺼냈단다.

"명절은 다가오는디 절에 일손이 부족한 것 같은께 우리가 봉사 한 번 합시다."

"미황사는 우리 고장의 보물인디 아믄요."

"길가 풀 땜시 차들도 다니기 영 성가시럽든디 잘 되았소."

"내일 예초기 들고 여섯 시 까정 다 나오시오."

"좋소."

더운 날씨에 가만있어도 등에 땀이 주르륵 흘러내리는 날, 아침나절 저수지둑부터 시작해서 자하루 아래까지 내친김에 화장실 주변까지, 풀들이 싹둑 잘려나갔다. 갑자기 절이 환해졌다. 평생 절 밑에서 농사짓는 분들이어서 그 연세에도 실력이 빛을 발했다. 아주 깔끔한 이발이었다. 가만 살피니 예초기 칼날이 돌에 맞아 휘어지고 깨져 있었다. 도반 여비 주려고 주머니에 넣은 봉투를 꺼내 무뎌지고 못 쓰게 된 칼날 값이라고 내밀자 거칠게 (?) 막으며 하시는 말씀.

"봉사하는 데도 원칙이 있제!"

그러고는 수박 한 쪽씩 들고 휑하니 내려가셨다.

한동안 풀 벤 자리에 멍하니 서 있었다. '좋은 일 하는데 무슨 원칙이 있냐.'는 그 원칙이 귀에서 예초기 소리처럼 윙윙거렸다. 나도 모르게 중얼거렸다. 어디 나처럼 행복한 사람 있소!

새벽 4시, 방문을 열어 달마산 너머를 바라보니 달이 크고도 밝다. 달빛이 가슴으로 흘러든다. 맑은 청정수를 부처님께 올리고 예불을 한다. 저 크고 둥근 달처럼, 지난날 수많은 부처님이 그랬듯, 나도 이 몸으로 청정한 신심을 내어 세상 사람들의 근심 걱정을 덜어주는 감로의 차가 되기를 기도한다.

부처님, 진리의 법이여.
지극한 마음으로 감사드립니다.

벽

너 거기에서 어떻게 살아나오려는가

앞으로 나아가지도 못하고, 뒤로 물러나지도
못하는 아주 막막한 상황을 사면초가四面楚歌라고 한다.
이를 선사들은 '백척간두에서 한걸음 내딛으라.'
'은산철벽(銀山鐵壁, 은으로 만든 산과 철로 만든 벽)을
뚫으라.'고 말한다. 답답할 때를 오히려 공부의
기회로 삼고, 비약하는 계기로 만들라는 말이다.
사면초가는《사기史記》〈항우본기項羽本紀〉에서
유래한다. '사방에서 들려오는 초나라의 노래'라는 뜻이
다. 한나라 한신의 30만 대군이 초나라
항우의 군사들을 포위한 채, 포로로 잡혀온 초나라
군사들에게 고향 노래를 부르게 했다.
부모처자를 두고 집을 떠나 오랫동안 전쟁에
시달려온 초나라 군사들에게 애잔하고
구슬픈 노래는 그야말로 감정을 무장 해제시켰다.
한신의 심리전에 말린 항우는 결국
전쟁에서 지고 말았다.

쌀독은 비어가도
마음은 그득해진다




銀　山　鐵　壁


누구나 인생에서 고립무원, 사면초가를 만난다. 생명 있는 것들
은 생로병사로 인해 고통의 벽을 만난다. 특히 인간은 욕심과 성
냄과 어리석음의 삼독심三毒心으로 더 많은 고통의 벽을 만난다.
숲에 홀로 서 있는 나무도 추운 겨울을 만나고 태풍을 만나고 가
뭄을 만난다. 하물며 수많은 관계로 얽인 사람임에랴. 살아남기
위한 경쟁에 내몰린 현대인들은 더욱 그러하다.
　　열심히 최선을 다하며 살았다고 자부심을 느끼는 이들도,
앞으로 나아갈 수도 없고 뒤로 물러갈 수도 없는 절박한 순간과
마주하는 날이 온다. 산속에서 홀로 수행하는 스님들 또한 마음

의 벽만이 아닌 실재하는 벽을 만나기도 한다.

6년 전 즈음 한 도반스님을 이승에서 떠나보내게 되어 25년 만에 도반들이 한자리에 모였다. 그동안 각자 공부한 이야기를 나누다가, 소식을 끊고 태백산 도솔암에서 15년이나 살았던 원덕 스님이 말문을 열었다. 스님이 머문 토굴은 산속 절에서도 2시간이나 더 걸어서 올라가야 했다. 인적이 완전히 끊긴 곳이었다. 사방 숲으로 둘러싸여 오직 보이는 것이라곤 하늘과 나무와 새, 산짐승들뿐이었다.

그런데 신기하게도 양식이 떨어질 때쯤이면, 누군가 아래 절에서부터 쌀을 지고 올라왔다. 덕분에 양식 걱정 없이 수행에 전념할 수 있었다. 그러던 어느 날 샘물이 마르고 쌀도 떨어졌는데 아무도 찾아오지 않더란다. 수행이 만족스러울 때까지는 절대 산 아래로 내려가지 않기로 스스로 약속한 터였다. 스님은 그로부터 한 달 동안 움직이지 않았다. 몸은 야위어 뱃가죽과 등짝이 맞닿아 흡사 부처님의 고행 상처럼 되었다. 그런데 오히려 몸은 가벼워지고 의식은 더욱 또렷해졌다. 가부좌를 하고 참선에 들면 화두가 명명백백해졌다. 먹을거리가 없다는 것은 곧 죽음을 뜻한다. 죽음마저 끊어낸 자리에서 스님은 공부의 큰 진전을 이룬 것이다.

사형되는 스님 한 분이 주지 소임을 놓고, 내가 사는 절에서 한 철 같이 살게 되었다. "마음공부는 주지 소임을 마치고 할 때가 진짜 공부인 것 같다."는 말을 자주했다. 그 말은 나에게 주지 그만하고 같이 제방 선원에 구름처럼 다니며 같이 공부하자는 제안이었다.

사형스님은 출가한 지 얼마 안 되어 지리산 칠불사에서 3년 결사도 하고 선원에서 꾸준하게 참선 정진하다가 주지 소임을 맡게 되었다. 도심 속에 수행과 포교 환경을 만들기 위해 의욕적으로 땅을 구입하고, 극락전을 짓고, 납골당을 조성하는 과정에서 일이 복잡하게 얽히고 말았던 모양이다. 소문만 듣고 비난하는 사람도 있었고, 도와주어야 할 가까운 이들마저 비난하자 스님은 그야말로 속이 타들어 가더란다. 해결의 기미는 보이지 않고 커져만 가는 문제를 마주하자니 그야말로 사면초가였다.

그 상황에서 스님은 좌복에 앉아 화두를 들었다. 화두를 들고 있으면 고요했지만, 화두를 놓치면 화가 치밀어올랐다. 그래서 간절히, 간절하게 오직 화두를 들 수밖에 없었다. 그렇게 20여 일 화두를 붙잡고 있으니 어느 순간, 보이지 않던 실마리가 보이고 일이 풀리기 시작했다. 마음속의 분노와 원망이 사라지자 지혜로운 본성이 나타났다. 스님은 그 지혜로움으로 문제들을 원만하게 풀어나갔다. 그러고 나서 자유로운 마음이 되어 다시 걸망을 지고 전국을 다니며 공부하기에 이르렀다.

'지금'에
명중시키고 있는가

覺

고봉 스님은 《선요禪要》에서 말했다.

　"만일 이 일의 적실하게 공부함을 말하자면 마치 감옥 속의 사형수가 문득 간수가 술에 취해 졸고 있는 기회를 만나 큰 칼과 수갑을 부수어버리고 밤새도록 도망갈 적에 길에 독룡과 사나운 범이 많더라도 한결같이 곧장 앞으로만 달리니 마침내 무서워하는 마음이 없어지는 것과 같다. 왜냐하면 한결같이 간절한 마음뿐이기 때문이다. 공부를 할 적에 과연 그와 같은 간절한 마음이 있다면 백발백중 성취할 것이다. '지금'에 명중시키는 이가 있는가! 불자拂子로 선상을 한 번 치고서 말하기를 털끝만치 어긋나도 하늘과 땅처럼 차이가 생기느니라."

부안의 내소사는 숨은 도인 해안 스님의 법문이 살아있는 곳이다. 지금도 스님의 제자들은 한결같이 '은산철벽을 뚫어라.'는 화두를 들고 정진한다. 오래전 나도 해안 스님의 법문을 음성 파일로 들었는데 참으로 감동적이었다.

해안 스님이 백양사 강원에서 학인시절을 보내던 때였다. 성도재일(成道齋日, 석가가 깨달음을 얻어 부처가 된 날을 기념하는 날. 음력 12월 8일)에 대중 전체가 운문암에 모여 1주일 동안 용맹정진을 하게 되었는데, 조실인 백학명 스님으로부터 '은산철벽을 뚫어라.'라는 화두를 받고 정진에 들었다. 대중들은 1주일 동안 날마다 아침 공양 후에는 조실스님 방에 불려가 공부 점검을 받았다. 그런데 공부에 진척이 없으니 방에 들어갈 때마다 소가 도살장 끌려가는 심정으로, 나올 때는 절망만 가득 안고 나오기를 반복했다. 답답한 하루하루를 보내던 어느 날, 해안 스님은 방 안에 들어온 지네 한 마리를 발견했다. 그런데 지네가 방문을 나가려고 애를 쓰는 걸 지켜보았는데 어느 순간 지네가 보이지 않더란다. 그 순간 스님은 모기가 무쇠로 만든 소의 등을 뚫듯이 '은산철벽을 뚫었다.'고 한다.

스님의 이 법문은 수행자에게 큰 희망을 주었다. 해안 스님은 평생 동안 깨닫지 못한, 아무리 둔한 사람이라도 1주일이면 깨

달음을 얻는다고 하며 매일 후학들을 점검하셨다. 해안 스님의
〈멋진 사람〉이라는 시다.


고요한 달밤에 거문고를 안고 오는 벗이나

단소를 손에 쥐고 오는 친구가 있다면

구태여 줄을 골라 곡조를 아니 들어도 좋다.

맑은 새벽에 고요히 앉아 향을 사르고

산창으로 스며드는 솔바람을 듣는 사람이라면

구태여 불경을 아니 외워도 좋다.

봄 다 가는 날 떨어지는 꽃을 조문하고

귀촉도 울음을 귀에 담는 사람이라면

구태여 시를 쓰는 시인이 아니라도 좋다.

아침 일찍 세수한 물로 화분을 적시며

난초 잎에 손질을 할 줄 아는 이는

화가가 아니라도 좋다.

구름을 찾아가다가 바랑을 베개하고

바위에서 한가하게 잠든 스님을 보거든

아예 도라는 속된 말을 묻지 않아도 좋다.

야점사양에 길을 가다 술 사는 사람을 만나거든

어디로 가는 나그네인가 다정히 인사하고

아예 가고 오는 세상 시름일랑 묻지 않아도 좋다.

귀한 사람의 몸을 받아 이 땅에 온 우리, 한바탕 멋지게 살아야 하지 않겠는가! 그렇게 살고자 한다면 작은 바람에 흔들려서는 안 된다. 태풍에 뿌리를 뽑혀서도 안 된다. 오히려 힘겨운 고개를 만나면 저 너머에 너른 들판이 있음을 알고, 기쁘게 고개를 넘어갈 일이다.

무

상

향은 불에 타고 차는 끓는 물에서 우러나온다

푸른 하늘에 뭉게구름이 한가로이 떠다니는

가을 오후의 산사.

괘불재(괘불 – 두루마리로 말아둔 불화佛畵 – 를 마당에 걸고

열리는 법회 의식)를 마치고 마당에 길게 세워진 기둥을

마지막으로 철거하고 나니, 아무 일 없었던 것처럼

본래 자리로 돌아온 듯하다.

마치 티베트 스님들의 모래 만다라Mandala처럼.

티베트 스님들은 아주 의미 있는 때에 모래 만다라를

만든다. 다섯 명의 스님이 둘러앉아 바닥을 캔버스

삼아 입자가 아주 고운 색 모래로 그림을 그린다.

보통 7일 동안 온갖 정성을 쏟는다. 그림을 그리는

동안에는 호흡이 조금만 흐트러져서도 안 된다.

집중하며 그림을 그리는 과정 자체가 바로 완벽한

삼매의 수행이다. 그러고 나서 모래 만다라가

완성되면 많은 사람들을 모아놓고, 축원을 하고는

곧바로 만다라를 지워버린다. 채 몇 분 안 되는

시간이다. 잔뜩 기대하며 지켜본 사람들은 허망하다.

그 허망함이 바로 무상無常이다.

해마다 미황사에는
2천 개의 괘불재가 열린다

無　生　死

이 세상에 존재하는 모든 것들은 아무리 훌륭하고 아름다운 것이
라도 언젠가는 변화되고 허물어지고 사라진다. 그러나 허망할 것
도 없다. 완성된 만다라는 이미 바라보았던 이들의 가슴에 남아
있기 때문이다. 모래 만다라를 완성하는 그 긴 과정이 삼매이고,
그 행위 안에 수행이 깃들어 있었기에 모래 만다라는 그저 허상
이라는 것. 그 깨침을 위한 그림이 만다라다.

　　만다라는 본질을 뜻하는 만달Mandal과 소유를 뜻하는 라la
가 더해진 말로, '본질의 것', '본질을 소유한 것', 또는 '본질을 담
고 있는 것'이라는 의미를 가진다.

티베트 만다라는 평면적이지만 괘불재는 입체적인 만다라이다. 해마다 열리는 미황사 괘불재는 1년 전부터 준비작업에 들어간다. 다음 해에는 어느 날이 날씨가 좋을지, 사람들이 모이기 좋은 날은 언제일지 날짜를 잡을 때부터 괘불재는 시작되는 것이다. 괘불재의 주제는 무엇으로 할지, 사람들에게 어떤 감동의 선물을 안겨줄지 등, 꼼꼼하게 하나하나 긴 호흡으로 준비한다.

괘불재는 추수감사제의 의미를 담고 있기도 하다. 한 해 동안 농사지은 수확물을 부처님 그림 앞에 공양물로 올리는데, 이 행사가 괘불재의 백미이다. 호박 농사를 지은 이는 호박을, 고추 농사를 지은 이는 고춧가루를, 참깨 농사를 지은 이는 참기름을, 찹쌀 농사를 지은 이는 찰떡을, 배 농사를 지은 이는 배를, 김 농사를 지은 이는 김을 올린다. 초등학생은 공부 잘해 받은 상장을, 대학생은 감동 깊게 읽은 책을, 연구자는 논문을 공양물로 올린다. 온갖 다양한 공양물이 오르기에 우리는 이것을 만물공양이라 부른다. 자신이 지은 각각의 농사를 부처님께 올리는 모습은 참으로 감동적이다. 만물공양물은 올린 이의 정성스런 삶 그 자체다. 내 앞에 놓인 건 공양물이지만 내가 본 건 1년 365일을 한 땀 한 땀 수를 놓듯 온 마음으로 노력한 삶으로 보이기 때문이다. 어떤 삶이 이보다 더 아름다울 수 있을까.

괘불재를 한 달여 남겨 두고 절집은 각자 소임을 맡은 사람들의 손길과 발길로 분주하다. 홍보물을 만들어 멀리 있는 사람들에게 보내고, 연등을 만들고, 과일을 씻고, 나물을 다듬고, 선물을 포장하고, 이부자리를 준비하고, 청소를 하고, 풀을 베는 등 손님 맞을 준비로 바쁘다. 한 점 흐트러짐 없이 제 역할을 묵묵히 하는 사람들이 괘불재의 진짜 고갱이다.

괘불재를 마치고 마당에 홀로 서서 다시 고요 속에 깃든 경내를 둘러본다. 끝남은 허망함이 아니라 새롭게 태어남이다. 오랫동안 준비하는 과정들이 삼매 수행이었고, 그 모든 것들이 모여 아름다운 영산회상(靈山會上, 석가모니가 영취산靈鷲山에서 설법하던 때의 모임)을 만들어 냈다. 2천여 명의 사람들이 괘불재의 광경을 뿌듯하게 바라보았고, 기쁘게 참여했다.

그리고 지금, 저마다 각자의 처소로 돌아갔지만 끝이 아니다. 2천여 명의 가슴속에 괘불재의 뜻과 감동이 살아있을 터이니 이것이야말로 새로 태어남이 아닌가. 2천여 개의 괘불재로 재탄생했다고 믿는다면 지나친 생각일까.

향,
하나에서 무한으로 가는 지혜

향을 피우면, 향의 몸은 연기로 변하고 연기는 곧 흩어져 향기로
변하여 온 방에 가득해진다. 눈에 보이는 세계에서 눈에 보이지
않은 세계로 변화하였을 뿐 향의 본질은 오히려 수천 수만으로
확대된 것이다. 자신의 몸이 없어지는 무상을 받아들여야, 지혜
로 가는 새로운 시작을 알 수 있다.

　　절집에서 저녁은 회향廻向의 시간이다. '계향戒香, 정향定香,
혜향慧香, 해탈향解脫香, 해탈지견향解脫知見香.' 저녁예불을 하며
첫 번째로 외우는 게송이다. 향이 제 몸을 태워 악취를 물리치고
온 방 안을 향기로 가득 채우듯, 하루 동안 열심히 수행한 공덕을

널리 온 우주에 회향하는 마음을 내는 것이다.

계향은 올바른 몸가짐을 하여 청정의 향기를 간직한다는 의미이다. 정향은 욕심과 성냄과 고집을 내려놓으면 번뇌가 없는 고요하고 평화로운 향기가 난다는 뜻이다. 혜향은 청정한 몸과 고요한 마음에는 맑은 물에 달이 비치듯 모든 사물의 이치를 아는 지혜가 나타난다는 의미다. 해탈향은 지혜가 안팎으로 걸림 없이 체화 되어진 깨달음의 향기를 말한다. 해탈지견향은 앞의 네 가지의 청정한 몸과 고요한 마음과 지혜로운 안목과 안팎이 하나인 자유자재한 마음으로 깨달음의 실천인 보살행을 하자는 뜻이다.

나의 삶을 가장 충일하게 완성해 가는 방법은 여기에 있고, 그 시작은 허망함을 받아들이는 순간이다. 허망함 속에서 허우적거리고 나오지 못한다면 끝없는 중생계의 유전에서 벗어날 수가 없다. 그래서 부처님의 변함이 없는 세 가지 가르침인 삼법인(三法印-제행무상諸行無常, 제법무아諸法無我, 열반적정涅槃寂靜) 중 제행무상(현실세계의 모든 것은 매 순간마다 생멸하고 변화함)이 귀한 것이다.

나는 가을 산중에 객이 찾아오면 차를 한 잔 건네며, 색깔과 맛, 향기를 음미하며 천천히 마셔보라 권한다. 작설차는 맑은 비취색과 달고 부드러운 맛과 네 가지 향기(진향眞香·난향蘭香·청향淸香·순향純香)를 갖춘 것을 최고로 친다.

순향은 겉과 속이 같은 것, 청향은 설지도 않고 너무 익지도 않은 것, 난향은 불기운이 고루 든 것, 진향은 곡우 전에 따서 차의 기운이 충만한 것이다. 한결같음과 무엇에도 치우침이 없는 중도中道의 향이다.

가장 좋은 시기와 날씨에 찻잎을 따서 정성스럽게 덖어 만든 진차眞茶에, 맛있고 좋은 물을 가려 은근한 불로 골고루 잘 익혀 끓인 진수眞水를 중정(가장 합당한 차의 양과 물을 넣음)하여 달여 내면 그 색과 향과 맛이 정점에 이른다. 참선 수행에서 얻어지는 삼매의 맛과 같은 환희로움의 경지가 차 한 잔에 담기는 것이다. 바로 다선일미茶禪一味이다.

중국 달마대사의 법맥을 잇는 육조 혜능 대사는 자유로움과 평화로움과 행복함은 본래 자신이 가지고 있는 성품이라고 했다. 그 성품은 무주(無住, 머물지 않는다), 무념(無念, 번뇌와 망상이 없다), 무상(無想, 고정된 생각이 없다)이다.

본래의 모습을 버려야 향도 차도 비약적인 새로운 만남이 이루어지듯 매일매일 놓고 떠남을 잘해야 오늘을 살아있는 행복으로 만들 수 있다. 차를 마실 때 순수한 색과 향과 맛을 우려내듯이 머물지 않는 성품에서 자유로움을 찾고, 번뇌와 망상이 없는 성품에서 평화로움을 찾고, 고정된 생각이 없는 곳에서 행복을 찾는다.

오늘 아침 일을 마치고, 부처님 전에 앉았다. 향을 사르고 고요히 앉아 작설차 한 잔을 앞에 두고 오롯이 색, 향, 맛의 삼매에 든다. 군더더기 없는 다선일미의 경지다. 모든 이들이 참 성품에 이르는 경지의 맛을 만나기를 바란다.

서산 대사의 차시茶詩 한 편.


낮에는 차 한 잔 하고

밤이 되면 잠 한숨 자네.

푸른 산 흰 구름

더불어 무생사無生死를 말함이여.

깨
달
음

홀로 깨달음에 안주하지 마라

《화엄경》을 읽다가 보현보살이 선재동자에게 법을
설하는 대목에서 멈추었다. 자비보살행이 없으면
완전한 부처를 이룰 수 없다는 내용이다.

반복해서 몇 번을 읽었다

"공양 가운데 중생을 따르는 공양이 최상의
법공양이다. 대비(大悲, 중생의 고통을 크게 슬퍼하는 마음)의
물로 중생의 나무를 이롭게 하면 마침내 부처의
지혜 꽃과 열매를 맺게 된다. 이것은 깨달음의
열매를 맺게 하는 자비보살행이 없으면 끝내 부처를
이루지 못하기 때문이다."

행복은 스스로
부처임을 아는 것


空　性

아침 공양을 끝내고 나자 멀리 괴산에서 농사지으며 글을 쓰는
분이 찾아왔다. 차 한 잔을 나누는데 아침부터 야단을 쳤다.

　"스님, 절집에는 오래된 나무들이 많습니다. 그 고목나무들
이 요사이 괴로워합니다. 스님들이 숲에 살면서도 나무를 너무
모르기 때문입니다. 나뭇가지를 자를 때는 잘라야 하는 지점을
잘 알아야 합니다. 분지 점에는 식물의 자기치유물질인 켈러스
Callous가 있는데 2~3년 내에 상처를 치유합니다. 가지 중간을 무
턱대고 자르면 나이테가 있는 심대까지 썩어 들어가 마침내는 죽
고 맙니다. 가지 절단을 잘못해서 죽어가는 나무들이 너무 많으

니 안타깝습니다."

생명에 대한 깊은 애정이 있기에 가능한 진단이다. 자비심은 바로 거기서 생겨난다. 그저 숲을 이루는 나무일뿐이라고 여겼다면 그는 아무것도 보지 못했을 것이다.

비바람이 부는 밤이었다. 세찬 바람 소리에 잠이 깼다. 새벽 2시다. 문득 숲에 깃들어 사는 새들의 안부가 궁금해졌다. 따스한 봄바람에 철새들이 멀리에서 날아와 둥지를 틀고, 포로롱 날아다니며 짝짓기 하고 이제 한창 알을 품고 있을 때인데…… 걱정이 앞섰다. 비바람에 알이 깨지거나 갓 깨어난 새끼들이 둥지 밖으로 굴러 떨어지면 어쩌나. 나의 중얼거림에 객스님이 나무랐다.

"스님께서는 한 곳에 오래 머무니 숲속 새들까지 한 식구로 챙기는군요."

어미 새는 새끼들이 혼자서 먹이를 구할 수 있을 때까지 날개로 감싸 보호하고 먹이를 물어다 준다. 얼마나 헌신적인지 때로는 자기 목숨도 기꺼이 희생한다. 위대한 자연의 모성이다. 어머니의 마음으로 세상을 바라보면 주변의 모든 것들에 관심이 생긴다. 친밀감이 생긴다. 그런 관심이 계속 이어지다 보면, 누군가 고통 받는 모습이 마치 내 가족의 일인 듯이 느껴져 참을 수 없게 된다. 자비심이 강해지면 다른 사람의 모든 고통을 없애 주고 싶다는 책임감을 갖게 된다. 이것이 바로 모든 중생을 고통에서 벗어나게 하겠다는 이타적 마음이다.

　달라이 라마는 "모든 중생들이 궁극적으로 행복할 수 있는 가장 효과적인 방법은 그들을 부처님의 경지로 이끄는 것이다."라고 이야기한다. 그러기 위해서는 우리 자신이 깨달음을 얻어야 한다. 내가 깨달음에 이르고자 하는 마음은, 다른 중생들을 행복하게 만들고 싶다는 열망과 그 열망을 실현하기 위해서 내가 부처님의 경지에 오르고 싶다는 열망을 갖게 한다. 완전한 깨달음을 얻기 위해서는 지혜와 자비심이 반드시 필요한 요소이다. 지혜는 수행을 통해 무아와 공성空性을 체득하여 아는 것이고, 자비심은 다른 중생들이 고통에서 벗어나기를 열망하는 마음 상태에서 생겨나는 것이다.

아침에 한 사람을 기쁘게 해주고,
저녁에 한 사람의 슬픔을 덜어주기를

慈　悲

20년 전 '참사람 결사운동'을 해야 한다는 서옹 스님의 말씀을 이제야 조금은 알겠다.

　"참선은 불교의 근본으로 사람들의 많은 문제를 해결해주는 수승한 공부 방법이다. 생사가 없어지고, 자비심으로 인간 행복의 길을 찾는 데 참선만 한 것이 없다. 그렇다고 참선만 하라는 것이 아니다. 자비화합으로 현대문명의 자기 파괴적인 모순을 극복할 수 있는 방법이 참사람 결사이다. 이 둘을 병행하는 것이 수행자의 자세다."

　스님은 목숨을 걸고 참선 수행과 자비화합을 실현하도록 노력하라고 당부하셨다.

사회학자들은 '인류에게 더 이상의 진보는 없다.'고 말한다. 생명과 환경이 파괴되는 암울한 미래를 이야기한다. 이런 전망이라면, 가진 것에 대한 행복보다 잃는 것에 대한 고통이 몇 십 배 많아질 것이다. 어느 시대나 욕망은 있었지만 과학과의 만남이 행복한 삶을 보장해주던 것에서, 이제는 과학에 맹목적으로 의존하고 지배를 당하는 현실이 되었다. 극대화된 대립적 욕망이 만들어 낸 핵무기의 공포는 삶의 의욕마저 상실하게 하고 있다. 음악과 영상, 오락 등 갖가지 과학적 도구를 이용한 즐거움도 지속적인 행복을 가져다주지 못한다.

그에 반해 정신적 행복은 무한하다. 그러나 현대사회는 정신적 행복에 무관심하다. 다음 세대, 우리 아이들을 위해 우리가 할 수 있는 일은 무엇인가. 정신적 행복의 에너지인 사랑과 자비를 교육하고 그것이 삶이 되게 해야 한다. 적은 수더라도 인연 있는 사람들이 모여서 수행할 수 있는 공간이 필요하다. 고뇌하고 고통 받는 이들이 그곳에서 지혜와 자비를 갖춘 스승의 가르침을 받으며, 스스로 붓다임을 깨달아야 한다.

수행 공간에서 법회의 마지막은 늘 사홍서원으로 마무리하지만 그 뜻을 깊이 새기지는 못하는 듯하다. '무량한 중생을 모두 제도하겠습니다. 다함 없는 모든 번뇌를 기어이 끊겠습니다. 무량한 법문 기어이 다 배우겠습니다. 위 없는 깨달음을 실천하여 도를 이루겠습니다.' 이 네 가지 서원을 이루기 위해서는 반드시 수행에 대한 단단한 각오와 실천이 있어야 한다. 오늘 밤, 서원을 세운 수행자들이 땅끝마을에 모여 발원한다.

사물을 깊이 있게 관찰하면서 마음 모아 숨 쉬고 미소 짓기를 서원합니다.

자비와 연민을 기르고 기쁨과 평정의 수행을 하고 중생들의 고통을 이해하기를 서원합니다.

아침에 한 사람을 기쁘게 해주고 저녁에 한 사람의 슬픔을 덜어주기를 서원합니다.

단순하고 맑은 정신으로 살면서 적은 소유로 만족하고 몸과 마음의 건강을 지키기를 서원합니다.

가볍고 자유롭기 위하여 근심과 걱정을 놓아버리기를 서원합니다.

부모님, 스승님, 친구들 그리고 모든 중생들에게 너무나 많은 도움을 받고 있음에 감사합니다.

그들의 은혜에 보답하고자 전심전력으로 수행해서 지혜와 자비를 꽃피우고 중생들을 도와, 그들로 하여금 온갖 괴로움에서 벗어나게 하기를 서원합니다.

완전한 깨달음에 이르고자 하는 이들은 보살행을 해야 한다. 대립과 갈등, 좌절과 분노로 가득한 멸망으로 가는 욕망의 경쟁을 멈출 수 있는 것은 오직 자비심과 지혜뿐이다. 홀로 깨달음에 안주하지 않기를 바란다.

초
심

우리 죽을 때까지 공부하자

법회에서 하루는 이런 말로 시작했다.

"여러분은 지난해 법회가 시작된 후 달마다
마음을 내 저의 이야기를 들으러 오십니다.
오늘 이 자리의 만남은 여러분과 제가 한 마음을
냈기 때문입니다. 만남은 둘의 마음이 마주하고
깊어져야 가능해집니다. 하지만 마음은
늘 변할 수 있습니다. 그 마음을 유지하려면,
첫 법회 때 가져온 그 마음이 계속 일어나야 합니다.
한 번 마음 냈다고 계속 이어지는 것은 아닙니다.
첫 마음을 매번 다시 일으켜야 합니다.
오늘 아침, 여러분이 그 마음을 일으켰기에 오늘
우리는 이 자리에 함께 있는 것입니다.
오늘은 초심初心에 대해 이야기를 나눠보겠습니다.
처음 마음, 선심초심禪心初心. 선심은 바로 첫
마음에 있습니다. 첫 마음을 잃지 않는 것이 바로
깨달음을 얻는 길입니다."

너는 뭣 때문에
왔느냐?

<br>

初　心

나는 열일곱 살에 출가했다. 절에서 고등학교를 다니고 졸업 후 바로 해인사로 갔다. 그런데 조그만 암자에 살다가 큰절에서 어떻게 살지 걱정이 되었다. 긴장한 마음으로 산문을 들어서는데, 키 작은 노스님 한 분이 팔을 휘저으며 절 마당을 가로질러 내 쪽으로 걸어왔다. 얼른 합장하고 인사를 드렸더니 스님이 대뜸 물었다.

　　"너 어디서 왔느냐?"

　　"예, 저 전라도 해남에서 왔습니다."

　　"뭣 때문에 왔느냐?"

"예, 행자 생활하러 왔습니다."

그러자 스님은 내 손을 덥석 잡았다. 엷은 미소를 띠우며 이어지는 말씀.

"야, 너 정말 잘 왔다. 우리 죽을 때까지 공부하자. 이 생에 태어났다 생각지 말고 공부하다 죽자."

그 말을 듣는 순간 눈물이 왈칵 쏟아졌다. 나중에 알고 보니 그분이 혜암 스님이다. 스님 사셨던 원당암에 가면 지금도 큰 나무에 이렇게 적혀 있다. '공부하다 죽자.' 스님은 만나는 사람마다 늘 그렇게 말씀하셨다는데, 그때 그 말이 나에게는 왜 그리 사무쳤는지 모르겠다.

그 뒤 내가 어떤 일을 계획하거나, 소임을 옮겨 갈 때면 스님의 그 말씀이 불쑥불쑥 떠올랐다. 나라고 게으른 마음이 왜 없겠는가. 게으른 마음과 욕심내는 마음과 성내는 마음이 올라올 때 그 말을 생각하면, '그래, 다시 공부하자', '처음으로 돌아가자.'는 결심이 새롭게 떠올랐다. 그 결심이 하루하루 이어져 지금까지 수행하며 살고 있다.

나무는 지난가을의 열매를
생각하지 않는다

本 來 面 目

좌선이란 무엇인가.《육조단경》에는 이렇게 풀이하고 있다.

　"좌선의 '좌'는 밖으로 어지러운 마음을 앉혀놓는 것, '선'은 자기 마음속에 지혜롭고 덕스러운 본래 성품을 그대로 드러내는 것이다."

　그러면 우리에게 본래 갖추어져 있는 지혜롭고 덕스러운 성품은 무엇을 말하는가.  석가모니 부처님은 보리수 아래서 깨달음을 얻고 이런 고뇌로부터 완전히 벗어났다. 해탈이다. 그리고 난 뒤 처음 하신 말이《화엄경》에 나온다.

　"기이하고 기이하다. 모든 중생이 '여래의 지혜'를 갖추고 있으면서도 어리석고 미혹하여 알지 못하고 보지 못하고 있구나."

부처님은 누구에게나 본래 지혜를 가지고 있음을 깨달았다. 오직 번뇌와 망상 때문에 이를 보지 못하고 다른 곳을 쳐다보고 있다는 말이다. 부처님이 만약 오늘 이곳에 다시 오셔서 우리를 본다면 어떻게 보실까. 중생으로 보실까? 아니면 부처로 보실까? 아니다. 부처님은 깨달음의 성품을 보시는 것일 뿐, 다른 데 쳐다보고 있다고 해서 우리가 부처가 아닌 것은 아니다.

삶은 고뇌이다. 인간은 근본적으로 고뇌하며 살아간다. 고뇌는 생로병사, 나고 늙고 병들고 죽는 것에서 비롯된다. 죽음은 극복할 수 없다. 그래서 늘 죽음에 대한 두려움을 갖고 살아간다. 늙음도 괴롭다. 인간의 수명은 점점 늘어나서 80세 90세 이제는 100세를 말하지만, 생물학적 수명이 늘어도 괴로움은 결코 줄지 않는다. 병이 들면 또 얼마나 괴로운가. 나의 신체적 고통뿐만 아니라 아픈 가족을 바라보는 고통이 더 크다. 가족 중 한 사람이 아프면 온 가족이 다 아프다.

그러나 가장 큰 고통은 일상의 삶이다. 겉으로는 평온해 보이지만 하루하루 살얼음판이다. 수시로 수많은 것들을 선택해야 하는 갈등이 괴롭고, 말 한마디 행동 하나 잘못할까 몸을 사리고, 늘 후회와 불안으로 하루하루 겨우 달래면서 살아간다. 그야말로 삶은 고품의 연속이다.

석가모니 부처님과 옛 선사들은 말했다. 우리가 본래 부처라는 것. 그렇게 아무리 말을 해도 곧 잊어버리고, 우리의 눈과 귀와 코와 혀와 피부, 각각이 분별하는 욕망을 따라간다. 가령, 눈은 분별을 한다. 선택을 하는 것이다. 같은 사물을 봐도 예쁘다, 추하다고 한다. 그러나 예쁘다, 추하다, 잘생겼다, 못생겼다는 분별은 그 기준이 없다. 늘 상대적인 반응이다. 그런 분별 때문에 괴로움이 생긴다.

그러면 어떻게 해야 그런 관점들을 내려놓고, 석가모니 부처님이 발견한 본래 부처의 마음자리를 드러낼 것인가. 바로 '초심'에 답이 있다. 옛 선사들은 바로 그 자리를 생각하기 이전 자리, 말하기 이전 자리라고 한다. 그것은 지혜의 자리이자 깨달음의 자리이며 부처의 자리이다. 우리 본래 자성이다. 그 마음을 언제 내는가? 바로 지금 이 순간. 그 마음이 바로 초심이다. 첫 마음, 어떤 대상을 볼 때 바로 내 생각이 일어나기 전, 바로 그 마음으로 보라는 것이다. 눈으로 '예쁘다' '추하다' 가늠하기 전, 아무 생각 없이 있는 그대로를 보는 것이다. 그 마음을 놓치면, 내 경험과 학습된 상식들로 보고 판단한다. 첫 마음을 믿지 못하고 그동안의 경험, 어디서 들었던 것, 배웠던 것들로 바라보고 추측한다. 그런 상식과 경험이 더 잘 보게 할 것 같지만 오히려 더 흐리게 보게 한다.

우리는 본래 부처인 마음이 어디 한 곳에 있다고 생각한다. 도가 어디어디에 있다고 생각한다. 아니다. 매 순간순간 바로 지금 이 자리에 그런 고정된 사고가 아닌, 바로 있는 그대로 모든 가능성을 열어둔 지혜의 마음이 본래 부처의 자리이다.

봄에 나무가 새싹을 틔웠다. 만약 나무가 작년에 어렵게 열매 맺었던 과정을 생각하면 참 허망할 것이다. 또 한 해 동안 비바람을 견디며 잎사귀를 내밀고 꽃을 피우고 열매를 맺어야 하니 말이다. 그러나 나무는 지난해 가을의 열매를 생각하지 않는다. 바로 지금 이 순간, 다시 생생하게 살아있기 위해 열심히 새 잎을 틔우고 꽃을 피운다.

어리석은 사람들만이 지금 이 자리에 서 있지 못하고 늘 과거의 것을 끌어와 비교한다. 또 미래의 것을 가져다 지금 이 자리에서 상상하고 추측하며 괴로워한다. 그렇게 지금 현재의 마음을 놓치며 살아간다.

지금 이 순간을 보는 것이
마음을 쉬는 것이다

解 脫

초심은 수행의 순수성을 잃지 않게 한다. 언제나 내가 새롭게 태
어나도록 한다. 바로 망념 속에서 순수한 마음을 깨닫는 것이 초
심이다. 가령《금강경》을 볼 때에도 내가 지난번에 봤던 마음이
나 누구에게 배웠던 마음에 의지해서 보려 하지 말고, 지금 바로
이 순간 새로운 마음으로 경전을 읽는 것이다. 그러면 볼 때마다
달라진다. 부처님 경전도 그렇고 선어록도 그렇다. 나무 한 그루
를 보더라도 지금 모습을 보아야 한다. 지난 가을의 열매를 생각
하거나 추운 겨울의 추위를 생각해서는 안 된다. 지금 이 순간 잎
사귀가 돋고 꽃이 피는 것을 잘 볼 줄 알아야 한다. 지금, 이 순간

을 생생하게 볼 줄 아는 것, 그것이 수행이고 깨달음의 길이다.

물론 경험이 지혜로 작용할 수는 있다. 하지만 경험이 지혜가 되려면, 바로 현재의 눈으로 보는 것이 뒷받침되어야 한다. 경험을 무시하는 게 아니라 늘 초심으로, 현재의 마음으로 보아야 생생한 지혜로 되살아난다.

몸을 쉬는 법은 누구나 잘 안다. 그런데 마음 쉴 줄은 모른다. 마음도 쉬어야 한다. 몸은 잠들면 쉬어지는데, 마음은 어떻게 쉬는가? 마음의 쉼은 늘 순수한 본래 마음 상태로 회복하는 것이다. 바로 초심으로 돌아가는 것이다. 우리 본래 마음으로 돌아가, 이 순간을 보는 것이 마음을 쉬는 것이다.

곧 그것이 좌선이다.

금강 스님의 선물

禪
物

'참사람의 향기'는 땅끝마을 아름다운 절 미황사에서 진행하는 한국 전통의 간화선 수행 프로그램이다. 누구나 참여할 수 있으며, 7박 8일 동안 묵언하면서 참선과 다도, 요가, 법문 강의, 울력과 소임 등 스님들의 수행 과정을 단기출가 형식으로 진행한다. 특별히 참선하면서 금강 스님과의 수행 문답이 이루어진다. 참사람의 향기가 시작된 2005년 이후 12년이 지난 지금까지 모두 2천여 명이 스님으로부터 마음 수행을 점검 받았다. 미국, 독일, 러시아, 브라질 등 외국인들도 다수 참여하여, 미황사는 세계인이 사랑하는 아름다운 절로 자리 잡았다. '참사람의 향기'는 7박 8일 짧은 일정이다. 그러나 누군가에게는 삶을 돌이키는 아주 큰 기회이다. 스스로 그 기회를 만들고 삶의 꽃을 피우기로 결심한 이들의 생생한 이야기를 여기 담았다. (편집자 주)

●

부모님의 권유로 오게 되었다. 서울에서 해남까지 내려가는 동안, '참사람의 향기' 프로그램 안내문에 쓰인 '나를 찾으러 간다.'라는 문구가 영 마음에 들지 않았다. '말만 멋있게 포장했지, 8일 동안 앉아 명상만 하는 거 아닌가?' 불안과 불만을 잔뜩 안고 도착한 미황사. 그런데 도착하자마자 눈앞에 펼쳐진 웅장한 달마산의 모습에 모든 불안감이 싹 사라졌다.

자하루에서 바라본 수평선과 푸른 바다에 점점이 놓인 섬들, 황금빛 일몰, 밤하늘의 별들. 지루하고 힘들 거라 생각했던 프로그램도 새롭고 재미있었다. 부처님 계신 신성한 곳이어서인지, 잠도 잘 오고 두 끼 식사에도 전혀 배고프지 않았다. 비록 좌선 중에 잠깐씩 졸고 망상도 더러 했지만 머리가 맑아진 것은 틀림없었다.

금강 스님이 면담 중에 "너 자신은 도대체 누구냐?"라고 물으셨는데 그때는 정확하게 답하지 못했다. 그러나 그 답을 구하기 위해 앞으로 내가 살아갈 방향을 아주 조금은 알 것 같았다.

＿ 임창윤 2011.4.


●

미황사로 출발하기 이틀 전부터 '마음의 게으름'이 발동을 걸었다. '아, 움직이기 싫다.' 문득 이 게으른 마음이 나를 붙들고 시험하는구나 싶어 얼른 짐을 꾸려 출발했다. 그 작은 결심이 나에게 큰 응원을 주는 계기가 되었다. 사는 동안 한 번도 경험하지 못한 많은 선물을 받았다. 늘 위축되어 있고 다른 사람 눈치를 보며 나를 살피고 다그쳤던 나, 그런 나에게 미안했다. 8일 간 수행하는 동안 내 몸에 대해 감사했고, 앞으로 귀하게 대하고 잘 데리고 살다가 자연으로, 우주로 돌려주어야겠다는 다짐을 했다. 그동안 많은 잡념으로 시간을 허무하게 낭비했지만, 이제는 한 순간 한 순간이 특별하게 느껴진다. 웃음소리도 예쁘게 내려 애쓰고 눈길 닿는 데마다 눈보다 마음으로 먼저 살피게 된다. 세상으로 돌아간 뒤 어찌 될지 두렵지만, 그때마다 금강 스님이 해주신 말씀을 떠올리며 '나'를 살아보아야겠다. "이 송장 끌고 다니는 이 몸은 무엇이냐?"

— 한은아 2011.4.

●

그동안 아주 가는 물줄기처럼 좁다랗게 살았다. 다녀본 곳도, 아는 사람도 많지 않았다. 참사람의 향기도 우연히 듣고 아무 기대 없이 왔다. 발우 공양 시간, 벽에 붙어 있는 그림 속 달마대사가 눈을 부릅뜨고 물었다.

"너는 누구냐?"

그래서 내가 답했다.

"어딘가 내 보따리가 있을 것 같아 평생을 찾았는데 늘 왜 그런지 남의 보따리만 풀어 살림을 사는 것 같은 느낌이 들었습니다. 늘그막에 곰곰 생각해 보니 내가 찾고 있는 내 보따리가 무엇이었나? 어디에 있나? 싶더군요. 어디에도 없는 것 같아서 그냥 그리 살고 있는 사람이 나입니다."

'이 뭣고' 화두는 익히 들었지만 어떻게 드는가를 자세히 가르침 받은 것은 참사람의 향기가 처음이었다. 여러 번 거듭했지만 의문이 뚜렷이 서지 않았다. 눈이 저절로 스르르 감기기도 하고 화두가 슬그머니 사라지기도 했다. 아직 심지에 불이 잘 당겨지지 않은 촛불, 바람에 팔락이는 촛불 같았다. 그래도 이 미약한 촛불을 들고 안개 자욱한 막막한 길을 가고자 했다. 그러면 어느 순간 불꽃이 확 일어나, 늘 타향에서 손님처럼 살면서 남의 보따리 풀어 살고 있는 듯한 느낌이 사라질지도 모르겠다고 생각했다.

금강 스님의 가르침으로 이해하기로는, 원래 온 세상이 나의 고향이고 도처가 내 집이며, 보따리 같은 것이 없어도 필요하면 언제고 살림도구가 나온다고 하시는 것 같았다. 순간 나도 모르게 눈물이 쏟아졌다. 얼른 화두를 챙겨 눈물을 수습했다. 다시 발우 공양 시간, 달마 대사가 또 쏘아보며 묻는다.

"너는 누구냐?"

"모르겠습니다."

깨달음과 부처가 드러나는 것은 나에게 어려운 일인가 보다. 그렇다 하더라도 내 깜냥만큼 1m라도 다가가고 싶은 지표가 있다는 것은 얼마나 좋은 일인가? 그저 갈뿐 얼마큼 갔는가를 묻지 않겠다. 고맙습니다.

_ 김혜숙 2012. 11.


●

"언제 어디서 무엇을 하든 최선을 다하자!" 그렇게 열심히 산 결과, 특급호텔 최연소 팀장 자리에 올랐다. 그러나 어느 날 갑작스런 복통으로 달려간 병원에서 암 초기 진단을 받았다. 다행히 오진이었다. 순간 내가 극복해야 했던 업무 스트레스와 갈등이 나의 생명까지 앗아갈 수 있겠구나, 큰 위기의식이 느껴졌다. 그 길로 사직서를 냈다. 나의 행복을 위한 목표였던 호텔리어의 꿈을 스스로 버리고, 괴로워하고 있을 때 미황사를 소개받았다.

기독교인인 나에게는 모든 게 어색하고 어려웠다. 둘째 날부터는 조금 나아져서 호흡법(수식관)을 하며 지나간 나의 시간들을 되짚어보았다. 행복한 기억들, 상처가 된 기억들……. 과거로의 여행은 셋째 날 오전까지 이어졌다. 날마다 듣는 금강 스님의 강의가 조금씩 와 닿기 시작했다. 스님과의 면담 시간. '과거의 상처로 나를 괴롭히는 것은 화살을 두 번 쏘는 것이다, 스스로를 괴롭히지 말고 나에게 상처 준 이들을 안타깝고 가엾이 여겨라, 모든 가능성을 열어두고 살라 등. 너무 좋은 말씀들이라 빠짐없이 수첩에 적어두었다.

그날 저녁 좌선하면서 마음의 구름이 조금씩 거둬지는 듯했다. 그러다 여섯째 날, 우연히 방에 들어와 갇혔다가 방문을 열어 주자 휘리릭 날아가는 새를 보고 나의 마음이 그 날아가는 새와도 같다고 생각하면서 작은 깨달음을 얻었다. 호텔리어로, 괴로워도 겉으로만 웃고 있었던 나, 이제는 비로소 안과 겉이 같이 웃을 수 있게 되었다.

_ 장현서 2012. 11.


●

뭐가 그렇게 힘들고 괴로웠는지 서럽게 울던 그날, 어머니가 물었다. "미희야, 너는 너에게 점수를 준다면 몇 점을 주겠니?" 나는 서슴지 않고 '20점'이라고 답했다. 미황사와의 인연은 그렇게 시작되었다. 처음엔 '설마, 뭐가 되겠어. 그냥 가서 쉬다 오자.'는 생각뿐이었다. 그러나 첫날 시작된 묵언 수행에서 많은 것을 느꼈다. 단지 말을 하지 않을 뿐인데 오히려 다른 감각들이 또렷해지는 것이 신기했다.

공양 시간에 묵묵히 공양 드시는 분들의 모습을 한 분 한 분 살펴보면서 잘나고 못나고를 떠나 사람이란 존재에 대한 숙연함에 울컥했다. 또 묵언을 하다 보니 상대의 행동을 흠잡을 일도, 칭찬할 일도, 억지로 웃을 일도, 화낼 일도 없었다. 평소 아무렇지 않게 하는 습관들에도 참 많은 감정이 소모된다는 것을 깨달았다.

앞으로 살면서 미황사에 도착하던 첫날, 마당에서 올려다본 하늘을 계속 꺼내 볼 생각이다. 또 삶의 방향을 잡게 해준 모든 존재에 감사하며, 한 걸음씩 스스로 나아가는 법을 계속해서 익혀 나가겠다.

_ 김미희 2013. 1.


●

술에 의존하면서 내 자신을 철저하게 파괴하며 살았다. 너무나 많은 상처에 스스로 일어나는 것은 불가능했다. 부모님, 아내와 아이들, 형제자매, 가족 모두를 힘들게 했다. 동생이 '참사람의 향기' 수행에 등록해 주었다. 마음가짐을 굳게 하면서 이곳에 왔다. 습의, 고불식, 발우공양, 행선, 울력, 회향, 난생 처음 해보는 일들이었다. 우선 철저히 내 자신을 버리고 미황사에 몸과 마음을 맡긴다고 생각했다. 금강 스님이 '수류화개'라는 문구를 읊어 주셨다. 현재 시점에서 온갖 노력을 다했을 때, 회피하지 말고 당당하게 맞섰을 때 비로소 꽃은 피는 것이라고 했다.

그 가운데 좌선이 제일 힘들었다. '화두'가 나아가지 못하고 '멍'한 상태가 계속 되었다. 의식과 무의식이 따로 놀고 있었다. 그러다 그냥 호흡에 맡기다 보니 어느 순간 손, 손목, 팔, 팔목, 모든 뼈가 스스로 호흡을 따라 움직이는 것을 의식했다. 어떤 말로도 표현할 수 없는 느낌이었다. 미황사에서의 여정은 오십 가까운 내 삶에서 큰 전환점이 될 것이다. 먼저 술에 의존하는 인생을 내려놓을 것이다. 주변 시선에 주눅 들지 않고 자신감 있고 당당하게 살아갈 것이다. 과거나 망상에 사로잡힌 미래보다는 매 순간순간 현재에 최고 가치를 두고 생활할 것이다. 집으로 돌아가면, 그동안 나로 인해 눈물 흘리신 부모님, 아내와 아이들 그리고 형제자매에게 제일 먼저 용서를 빌어야지.

_ 한경훈 2013. 1.

●

'참사람의 향기' 정말 좋았습니다. 그 이유를 말씀 드릴게요.

첫째, 아무 생각 없이 뒹굴뒹굴, 단지 말만 안 하면 되어서 좋았습니다. 아마도 금강 스님의 작전(?)이겠지요. 바깥에서 수많은 말과 관계와 일에 치여 있었던지라 이렇게 해주는 밥 먹고, 일도 안하고, 모든 생각 놓고 놀 수 있어서 좋았습니다.

둘째, 어렵지 않게, 쉽게 알 수 있는 법문이 좋았습니다. 좋은 말을 들을 수 있는 기회는 많지만, 좋은 말도 좋은 조건에서 들어야 제대로 들을 수 있지요. 그 점에서 미황사의 조건은 완벽했습니다. 민가의 불빛도 억지로 찾아야 할 만큼 고요한 곳, 새소리도 별빛도 달빛도 모두 법문이었습니다.

셋째, 참선을 통한 내면의 깨달음이 가장 좋았습니다. 위빠사나 수행을 통해 '고요하고 평화로운' 경지에는 가보았지만, 근본적인 내면의 깨달음을 경험해보지는 못했습니다. 묵언 가운데 비우고, 내려놓고, 뒹굴뒹굴하고, 놀고……, 그렇게 시간의 흐름을 보게 되고 그 가운데 화두를 들어 참구하여 얻은 것이 있었습니다.

이야기 하나, 저녁 수행 때 수곽에서 물을 마시는데 갑자기 담배가 왜 그리 피우고 싶은지 환장할 지경이었습니다. 그때 문득 '별 시답잖은 담배 하나에 환장하는 이 물건은 뭐지?' 하는 생각이 들었고, 순간 담배 생각이 십만 팔천 리 달아났습니다. 그날 밤 '이 물건은 누구인가?' 생각하며 마당을 한참 돌았습니다.

_ 김윤수 2013. 6.

●

7박 8일 동안 치열하게 나 자신과 싸웠다. 나는 화두를 잡았다고 생각했다. 가슴깊이 궁금하다고 생각했다. 그런데 마지막 날, 집에 돌아갈 것을 생각하니 갑자기 아득해졌다. 또다시 두려워졌다. 세상에 나가 다시 상처받고, 또다시 나를 알지 못해 우왕좌왕 할 내가 보였던 것이다. 이 두려움조차 내가 만든 번뇌이고 망상이라는데, 그걸 알면서도 벗어날 수 없을 것 같았다.

그때부터 스님의 법문이 들리지 않았다. 내가 두려운데 부처님 말씀이 무슨 상관인가. 화두가 나와 멀어지는 듯했다. 알고 싶었다. 먼저 책을 볼까, 스님을 찾아가 볼까. 문득 금강 스님의 말씀이 생각났다. 화두에는 세 가지, 진심으로 의심하는 대의심(알고 싶은 궁금함), 대신심(나에게도 부처의 성품이 있어서 해낼 수 있다는 마음), 대분심(더 이상 어리석게 살지 말아야지 하는 마음)이 필요하다고 했다. 그런데 나는 이 세 가지를 모두 놓치고 있었다.

나를 찾고 싶어서 왔지만 그건 진심이 아니었던 것 같다. 나는 아직 내 자신(번뇌에 흔들리고 싶어 하지 않은 나)에 대해 깊이 알려 하지 않았고, 오히려 세상에서 상처를 많이 받았다고만 생각했다. 그 또한 망상임을 뒤늦게 알았다. 생각해 보니 나는 가진 것이 참 많고, 복된 사람이었다. 7박 8일, 일정이 끝날 무렵에 화두에 접근하는 그 진심이 무엇인지 조금 알았다. 이제 다시 나는 시작이다. 다시 해볼 것이다.

_ 김희정 2013. 6.

●

6일째 새벽 4시 도량석 소리에 잠이 깼다. 나는 지금까지 과거, 미래만 생각하고 살았지, 현재의 나를 생각하지 않았다. 전날 밤 '나무와 바람, 새소리, 돌, 모든 만물이 나를 도와주고 있다.'는 금강 스님의 법문을 듣고 밤새 마음이 설레 잠을 설쳤다. 모든 인연 할 것 없이 인드라망처럼 얽혀 나를 도와주는데 정작 나는 '나'라는 자존심에 집착해서 살아왔다. 그런 내가 부끄럽고 가여웠다. 지금부터라도 현재에 충실하고 마음을 닦아나가자고 결심했다.

도량 주위를 돌면서 나를 둘러싼 자연에 감사하자, 무거운 감정 다 내려놓고 떠나자, 저녁노을처럼 아름답게 살아가자, 서방정토 아미타부처님께 돌아가자, 다짐했다. 6일째 밤, 밤하늘 달과 별을 보면서 그동안 나를 위해 살지 않았다고 생각하면서 불만을 쌓아 왔는데, 사실 전부 나를 위해 살아왔음을 깨달았다. 풀잎에 맺힌 이슬방울에 별과 달빛이 반사되듯, 앞으로 어떻게 살아야 할지 알 것 같다. 삶의 말년에 이르렀지만, 미황사를 알게 되어 다행이고 기쁘다.

_ 신현삼 2013.6

●

내 인생에서 완전히 나만을 위한 시간은 이번이 처음이었다. 남은 인생을 어떻게 살아야 할지 깊이 생각한 시간이었다. 지난날 나는 '나'를 생각할 겨를 없이 살아가는 대로 살고, 다른 사람 말과 행동에 휩쓸리며 살았다. 그동안 나 자신을 사랑하지 않았다. 미황사에 와서 며칠을 보낸 뒤 신기하게도 나의 숨소리가 들리고 나의 영혼을 본 것만 같았다. 숲속을 걸으며 지난 삶을 가만히 들여다보니 나 자신 너무나 불쌍했다. 그동안 사느라고 힘들었구나, 생각하자 갑자기 눈물이 흐르고 펑펑 소리 내어 울고 말았다. 사는 게 별것 아닌데 왜 이렇게 아등바등 힘들게 살았을까, 후회가 되었다. 이렇게 힘들어하는 나를 바라보는 가족들은 또 얼마나 힘들었을까. 가족에게도 참으로 미안했다. 따뜻한 말 한마디, 따뜻한 눈길 한 번 제대로 주지 못했던 못난 나였다. '금강 스님, 이제 내 자신을 찾았으니, 앞으로의 삶은 잘 설계해서 행복하게 살겠습니다.'

__ 정면순 2013. 11.


●

저녁 예불 끝나고 다 같이 마당을 돌면서 숨을 한 번 크게 쉬었습니다. 그러다 문득 '지금 숨을 쉬는 이건 뭐지?' 하는 생각이 스쳤습니다. 내가 금강 스님에게 받은 화두는 '무無'였습니다. '숨을 쉬는 이것은 무엇인가?'를 생각하면 자꾸 코, 후두, 기관, 기관지, 폐, 횡격막 따위가 생각나서 방해가 된다고 말씀드렸더니, 스님께서 '무'라는 화두를 주신 것입니다. 그래도 답답했습니다. '숨을 쉬는 이건 뭐지?' 하는 생각이 떠나지 않아 '이 몸을 이끄는 이것은 무엇인가?'로 살짝 바꿔서 정진하였습니다. 이 몸을 이끄는 게 무엇인지 알 수 있다면 더 이상 무엇에도 이끌리지 않고 내 두 발로 당당히 살아갈 수 있을 것 같았습니다.

그러나 아쉽게도 답을 얻기에는 8일이 너무 짧았던 듯합니다. 진전의 속도가 더딘 저 같은 열등생을 위해 나머지 공부라도 시켜주시면 안 되겠냐고, 스님께 여쭈어 볼까 싶었습니다. 그런데 그날 밤 법문 시간에 스님께서 "각자가 살아가는 곳이 수행처다."라는 놀라운 말을 해주셨습니다. 이제 나머지 공부는 내가 살고 있는 세상에서 마저 해야 할 것 같습니다.

__ 유진영 2013. 12.

●

좌선 수행 4일째, 점심 공양 후 포행 중에 나무를 보며 화두 하나 던져 보았습니다. '소나무야, 너는 알겠구나. 스스로 해야 할 바를 알고 두려움 없이 당당하니 부처의 뜻을 아는 것이겠지. 나는 언제나 알게 될까?' 그날 오후, 좌선 시간에 다리가 너무 아파 집중하기 어려운 지경이었는데 '다리를 자르는 한이 있어도 일어나지 않을 테야.'라며 마음을 다잡았습니다. 그 순간 '아니 이게 내 소유인가? 내가 맘대로 다리를 자를 수 있나?'로 시작해 내 몸에 대한 자각이 일어났습니다. 그러면서 아, 나의 몸도 저 소나무처럼 이미 당연히 해야 할 바를 알고 한 순간도 쉼 없이 당당했음을 깨닫고 몸에 대한 감사와 환희심이 가득 차올랐습니다.

이런 위대한 몸을 나는 나 좋을 대로 사용하고, 제대로 대접하지 못했다는 생각이 들어 뜨거운 눈물이 솟았습니다. 그 일 이후 편안하고 기쁘고 흥미롭게 좌선을 이어갈 수 있었습니다. 생각해 보니 이번 7박 8일 동안 태어나 처음으로 몸과 정신이 균형을 이루는 편안함을 느꼈던 것 같습니다. 좌선을 하면서 몸과 마음이 하나 되는 것을 맛보았습니다. 몸과 마음이 서로 주인됨을 주장하지 않았습니다. 참으로 소중한 경험이었습니다. 지금까지는 경쟁에서 이기기 위해 늘 몸을 혹사하거나 피곤하면 그냥 방치하며 살았습니다. 이제 내 안의 부처를 발견하는 길이 멀지도 모르지만, 이번 수행은 큰 보람이고 기쁨입니다.

_ 이은영 2014. 4.

●

참 소중히 여긴 사람들과 이별을 했다. 연인과 헤어지고 회사를 그만뒀다. 늘 기가 죽어 있고 스스로에게 자신이 없는 나, 누군가에게 기대고 싶으면서도 그렇게 살아가는 내 모습이 용서가 안 되어 상담이든 뭐든 스스로 극복해 보려고 아등바등 하며 지내왔다. 견딜 만하다고 생각했다. 그런데 어느 날부터인가 내가 이상해지는 듯했다. 사람들을 미워하고 흠을 잡았고, 다른 사람에게 나를 내세우는 인정 욕구가 하늘을 찔렀다. 그런 불안감에 쫓기듯 달려온 곳이 바로 미황사이다.

참선, 좌선은 말만 들어봤을 뿐 전혀 몰랐다. 막연히 '도를 닦는다'는 정도의 느낌만 가지고 참여했다. 7박 8일 동안 계속된 묵언 수행이 나에게는 최고의 선물이었다. 다른 사람들의 시선을 전혀 의식하지 않고 오로지 나에게만 충실할 수 있었다. 가장 가슴에 와 닿았던 것은 금강 스님의 말씀이었다.

"우리 모두는 아주 고요하고 평화로운 마음을 가지고 있다. 다만 생각이 만들어내는 번뇌와 망상, '나'라는 영역에 가려 스스로 보지 못할 뿐이다. 내가 괴로운 이유는 내가 만들어낸 분별심, 차별심 때문이다."

'일체유심조'라는 말이 어떤 뜻인지 그제야 알았다. "아!" 하고 터진 탄성, 답답한 내 마음속에 작은 길이 뚫린 것처럼 시원했다. '참사람의 향기'는 참사람이 되고자 하는 사람들이 와서 '내가 참사람이구나!' 알고 돌아가는 시간이다. 나를 둘러싼 환경에 휘둘리지 않고, 스스로에게 눌리지 않고 사는 법, 건강하고 행복하게 살기 위해 나는 어떤 생활을 해야 하는지, 뭘 참고 줄여야 하는지 하나하나 알아가는 시간이었다. 정말 고맙고 기쁘다.

_ 이단비 2014. 5.

●

새벽 4시에 일어나 예불하고 참선하고 밥 먹고 숲에 다녀와 청소하고 차 마시고 또 앉아 있다가 밥 먹고 쉬고 또 앉아 있다 법문 듣고 주스 먹고 요가하고 앉아 있다 잠이 드는 생활. 적멸 스님은 아침 좌선이 끝나면 늘 이렇게 말씀하셨다.

"오늘의 스케줄을 말씀드리겠습니다. 오늘은 어제와 같습니다."

이 말을 들을 때마다 재미있었다. 우리 삶이 그렇지 않은가. 매일 똑같은 삶을 어떻게 새롭게 살아내느냐가 모든 인생의 숙제인 셈이다.

매일 똑같은 참선 수행의 7일이 흘렀다. 늘 불규칙한 삶을 살던 나에게 큰 가르침이었다. 참사람의 향기를 통해 느낀 점은 아주 많다. 나를 성찰하는 것 등. 집에 가서도 좌선을 해볼 결심을 세웠다. 금강 스님의 법문을 통해 불교를 알게 된 것도 작은 성과이다. '우리는 원래 부처이고 번뇌, 망상 같은 구름이 우리의 본성을 가리고 있는 것. 그 구름들을 제거해서 본성을 찾으면 그것이 부처가 되는 것이란 사실.' 예전엔 열심히 수행해야 부처가 되는 줄 알았다. 어떤 노력으로 사람이 부처가 되는 줄 알았는데, 이미 우리는 원래 부처이며 이 사실을 모르고 있으니 그걸 깨달아야 한다는 말씀이 나에게는 작은 충격이었다.

_ 강이관 2014. 6.

●

8일간 내린 결론은 결국 나의 초라한 자존심이었다. 한 살 한 살 먹을 때마다 '~인 척하는' 일이 늘어났다. 괜찮은 척, 안 아픈 척, 착한 척, 강한 척하면서 사실은 그렇지 못한 속마음을 숨기는 데 급급했다. 잔에 담긴 물처럼 내 안에 오롯이 담겨 있는 모습 그대로 살아갈 수 있다면 자유롭지 못할 이유가 없다. 내 본래 마음을 내어 누구에게나 떳떳하고 당당하게, 진실 되게 살고 싶었다. 그럴 수 있다면 내가 처한 상황에서도 맑은 바람 일으키며 유유히 살 수 있을 것 같았다.

자하루에서 좌복에 앉아 화두를 드는데 문득 마루 바닥이 눈에 들어왔다. 같은 크기로 네모 반듯하게 톱질해 끼워 맞추어 놓았지만 나무판마다 각각의 결이 있어 서로 같은 나무판은 하나도 없었다. 너도 너 있는 곳에서 너만의 결대로 살 수 있다고, 그동안 잘 살아 왔다고 다독여주는 것 같았다. 큰 깨달음이었다. 그때 이후 어딜 가든 새들이, 바람이, 나무들이, 꽃들이, 노을이 나에게 그만하면 잘 살고 있다고 감싸주는 것만 같아 매 순간 벅차올랐다.

숨을 쉴 때마다 본래 나는 어떤 사람인가, 생각이 일기 전, 말하기 전 본래 나는 무엇인가 끊임없이 생각했다. 앞으로도 순간순간 떠나고 싶을 때, 진정으로 떠날 수 있는 방법을 여기 미황사에서 배워간다.

__ 유진영 2014. 9.


●

스님들은 어찌 그리 내 마음을 꿰뚫어 보시는지, 스님이 해주시는 한 말씀 한 말씀이 다 나의 이야기라 너무 와 닿았습니다. 항상 내려놓으라고 모두가 말하지만, 도대체 내려놓는다는 게 무엇인지 몰랐습니다. 그런데 미황사에 와서야 그 뜻을 알았습니다. 상相을 만들지 않고 있는 그대로 바라보는 것, 매 순간이 귀하고 소중하다는 것, 번뇌 망상에 오염되지 않는 것, 늘 생생하게 '이 뭐꼬?' 하고 화두를 드는 것, 차별심을 내지 않는 것, 그것이 바로 '내려놓음'이었습니다. 금강 스님, 혜오 스님, 적멸 스님과 여러 스님들, 도반들, 미황사의 모든 식구들, 고양이와 달마산과 모든 산과 나무들, 모든 것들에게서 배워 갑니다. 앞으로도 지금 여기, 이 순간에 집중하며 살도록 노력하겠습니다. 미래만 보며 사는 것이 잘 사는 삶이라고 믿었지만, 이제 응당히 머무는 바 없이 마음을 내며 이 순간을 생생하게 살 수 있을 것 같습니다.

__ 이슬나린 2015. 5.

●

46년을 살면서 끊임없이 의문을 가졌습니다. 나는 누구일까? 어떻게 사는 것이 정답일까? 무엇을 위해 살아야 하나? 결혼하고 아이를 낳고 살면서부터 내 삶이란 존재하지 않는 듯했습니다. 좋은 아내가 되고, 좋은 엄마가 되고 싶었습니다. 그러면서도 제대로 하는 것은 없고 마음만 불편했습니다. 아마도 몹시 지쳤나 봅니다. 기자에서 강사로, 다시 보험설계사로 살았지만 나를 위한 선택이 아니라고 믿었습니다. 아이들에게 피해가 가지 않는 직업을 그때그때 바꿨을 뿐이라고 생각했습니다. 그러나 그건 핑계였습니다. 내가 진정 하고픈 일이 무엇이고 그걸 위해 어떤 노력을 해야 하는지 알고 있지만 피했던 것입니다. 그래서인지 점점 무기력해지고 나태해졌습니다. 겉으로 드러나지 않았지만, 가정의 평화도 조금씩 삐걱거리는 듯했습니다.

이렇게 살면 안 되겠다는 마지막 일념으로 무작정 미황사로 왔습니다. 답을 바라는 건 아니지만 나의 오만과 무기력과 게으름을 버릴 수는 있겠지, 나의 과거를 버리자는 심정으로 왔습니다. 그런데 좌선을 하고 스님들의 법문을 들으면서, 버리는 것이 능사가 아님을 깨달았습니다. 과거를 잊고, 무작정 버리려 하지 말고 내 자신을 들여다보라는 말씀이 절절하게 와 닿았습니다. 아직은 내가 누군지는 잘 모르겠지만, 내가 깨어 있음을 느낍니다. 오래전부터 들어달라고 절실하게 외치던 내 목소리를 무시하고 살았다는 사실을 알게 된 겁니다. 내가 미황사에서 얻은 것은 '나'라는 존재입니다. 생생하게 깨어있는 나 자신 말입니다.

_ 한국희 2015.7.

●

무상 무념 무주의 마음, 그것이 본래심이라고 배웠습니다. 청정한 나의 모습으로 내가 주인이 되어 살면 그것이 곧 '좋은 삶'이 되지 않을까 생각합니다. 곧 좋은 죽음은 좋은 삶으로 이어진다는 연기적 관계를 믿게 되었습니다. 금강 스님의 귀한 법문을 가슴에 담고, 선물해주신《육조단경》을 열심히 읽으며 참선 수행의 삶을 이어가겠습니다.

안이비설신의의 감정들을 조금씩이라도 내려놓고 청정한 본연의 모습으로 허둥대지 않고 자비심을 베풀며 좋은 죽음을 맞이할 수 있도록 좋은 삶을 살아가겠습니다. 어쩌면 아직은 더 용기가 필요한지도 모릅니다. 금강 스님의 '발그레한 미소'를 마음에 담아가겠습니다. 스님, 남의 다리만 긁고 살던 내가 이제 자기 다리를 긁고 사는 '본래심'을 찾을 수 있도록 가르침을 주셔서 고맙습니다.

__ 이훈우 2015. 9.


●

금강 스님이 법문 시간에 내 것이라고 한 것, 내가 한 것을 생각할 때 과연 그것이 나의 것이냐고 물으셨습니다. 그렇게 나를 버리고 '나'를 깨치라고 하셨습니다. 참 어려웠습니다. 지금까지 나는 내가 한 것, 나의 것만을 떠올리고 의지하며 살았거든요.

스님의 말씀을 들으면서, 사물을 볼 때 나의 것, 내 것을 찾는 것이 아니라 자비심을 보는 사람이 되어야겠다고 생각했습니다. 스님은 집의 자비심, 바람의 자비심, 해의 자비심, 전등의 자비심 등 모든 것들에 자비심이 있다고 하셨습니다. 정말이지 그런 생각을 하며 사는 사람은 참 아름다운 분들 같습니다.

스님 말씀을 듣고 산책을 갔습니다. 그제야 뜻을 알겠습니다. 동백나무를 흔드는 바람도, 햇빛도 나무도 모두 고마운 존재로 다가왔습니다. 산을 내려가 집으로 돌아간 뒤에도 이런 깨침을 간직하며 살고 싶습니다. 매 순간이 절호의 기회, 단 한 번뿐인 절호의 기회라고 생각하겠습니다. 언제나 지금이 공부할 가장 좋은 절호의 기회란 사실도 잊지 않겠습니다.

_ 김나현 2016.1

●

금강 스님의 법문이 가장 좋았습니다. 만날 남 탓만 하며 살았던 나에게 스님의 무념, 무상, 무주에 대한 이야기는 나를 많이 돌아보게 했습니다. 사람을 대할 때 좋고 싫고를 구분하고, 남편과 아이들을 내 관점으로 판단하고 평가하고, 물론 다른 사람도 그렇게 바라보았습니다. 그리고 내가 무엇을 했는지 항상 마음속으로 따지면서 칭찬이나 대가를 바랐습니다. 안 해주면 속상했습니다. 참선을 하면서 그런 마음들이 떠올라 마음으로 용서를 빌었습니다. 또 좋았던 것은 절밥이었습니다. 맛이 아니라 소식하면서 음식에 대한 탐심이 줄어들고 정성을 다해 먹는 시간이 좋았습니다. 힘든 것은 좌선이었습니다. 처음 해보는 것이라 호흡도 잘 되지 않았고 졸음부터 쏟아졌습니다. 그러나 매 순간 나의 잘못이 떠올라 뉘우치는 마음이었습니다. 앞으로는 행동 하나하나 마음 씀씀이 모두 미황사에서 배운 대로 하겠다는 작은 다짐을 해봅니다.

1 집에 가면 남편을 있는 그대로 보겠습니다.

2 집에 가면 아이들을 있는 그대로 보겠습니다.

3 직장에서 만나는 모든 사람들을 판단하거나
   평가하지 않고 있는 그대로 보겠습니다.

4 작은 것이라도 가진 것을 베풀겠습니다.

_ 변영숙 2016. 1.

●

아침 예불을 하고 좌선을 시작합니다. 묵언 속에서 오롯이 나 자신에게만 몰두할 수 있었던 7박 8일의 시간이었습니다. 첫날엔 1분도 앉아 있기 힘들고 아침에는 눈이 떠지지 않았지만 차츰 익숙해지면서 예전에는 보이지 않던 것들을 많이 보게 되었습니다. 남과 비교하는 마음, 질투심, 나만 더 갖고 싶고, 나만 사랑받고 주목 받는 게 당연하다 여긴, 참으로 작은 나를 발견했습니다. 또 늘 다른 사람에게 눈높이를 맞추고 주위의 평균치에 나를 끼워 맞추려 했으니 온전한 나는 없었습니다.

미황사에 와서 남들의 기준 또한 나의 생각, 망상, 상상이 추측으로 만들어낸 허상일 뿐이며, 아무도 나에게 눈길을 주지 않는다는 것을 새삼 깨달았습니다. 언제나 내 마음은 과거의 후회와 이렇게 했으면 좋았을 것이라는 집착이 가득했습니다. 또 그런 불안감을 지워 보려 서둘러 미래를 계획하고 앞서 나가려 하고, 그러다 내 생각대로 되지 않으면 어쩌나 하는 걱정으로 스스로 고민을 만들었습니다. 나의 삶에 늘 현재는 없다는 것을 스님이 가르쳐주셨습니다. 앞으로는 내 몸이 있는 곳에 내 마음을 두리라, 번뇌를 지우고 청정한 나를 찾으리라 다짐했습니다.

흙탕물을 휘젓던 막대기를 멈추니 서서히 진흙은 가라앉고 마음이 고요해집니다. 모든 것은 늘 변하고 새롭지만 매일매일 이 고요함은 이어가겠다고 다짐합니다. 거울이 있음을 알았으니 거울을 깨끗이 닦고, 나아가 그 거울조차 없음을 깨닫는 순간까지 계속 공부해 보고자 합니다. 미황사와 많은 분들께 고마운 마음 전합니다. 이제는 내가 나를 다독여주고, 지금 이 마음 잊지 않도록 늘 머리와 가슴에 담고 살겠습니다.

__ 유경하 2016. 7

●

묵언이 좋았습니다. 앞에 나서야, 생각 전에 말을 곧 뱉어야 직성이 풀리고 그것이 정직함이라 생각했습니다. 그때까지만 해도 무여 스님이 말씀하신 '드러내지 말라'는 말의 의미를 몰랐던 것이지요. 관찰이 시작됩니다. 말은 끊어졌지만 생각은 끊어지지 않았기에 왔다갔다 생각들이 자리합니다. '법문 끝날 시간이 지났어.' '아닌 저 친구는 나보다 더 생각이 많군.' '아 저건 나랑 비슷한데……' 흙탕물이 차츰 고요히 가라앉습니다. 맑아지면서 내가 보이기 시작합니다. 미황사의 비바람은 내 마음의 고요를 깊어지게 합니다. 과거의 따뜻했던 기억과 후회되는 일들이 떠오르지만, 다시 제 자리를 찾습니다. '이 뭐꼬?'를 묻는 이는 누군지, 대답하려고 꼼지락거리는 무언가가 무척 답답하더니, 눈물이 주르륵 흘러내립니다. '우는 애는 대체 뭐지?' 끊어질 듯한 다리는 끊어지지 않았고 배고픔도 잊었습니다. 밤 10시 취침, 새벽 4시 기상, 금강 스님의 말씀처럼 자연의 시간이 나를 깨우고 일으킵니다. 참, 신통방통합니다. 갈등은 없었냐고요? 아니요. 나흘째인가, 집에 가고 싶었지요. 돌이켜보니 매우 잘한 선택입니다.

— 김동희 2016.7.

# 물 흐르고 꽃은 피네

ⓒ 금강, 2017

2017년 4월 24일 초판 1쇄 발행
2023년 7월 18일 초판 7쇄 발행


지은이 금강
발행인 박상근(至弘) • 편집인 류지호 • 편집이사 양동민
편집 김재호, 양민호, 김소영, 최호승, 하다해 • 사진 김상수 • 디자인 쿠담디자인
제작 김명환 • 마케팅 김대현, 이선호 • 관리 윤정안
콘텐츠국 유권준, 정승채
펴낸 곳 불광출판사 (03169) 서울시 종로구 사직로10길 17 인왕빌딩 301호
　　　대표전화 02) 420-3200 편집부 02) 420-3300 팩시밀리 02) 420-3400
　　　출판등록 제300-2009-130호(1979. 10. 10.)

ISBN  978-89-7479-343-2 (03810)

값 18,000원